NOUS LES GARÇONS

Montage maquette : Karine Benoit.
Cet ouvrage a été réalisé par les Éditions Milan avec la collaboration d'Alexandra Dirand.

Loi 49.956 du 16 juillet 1949 sur les publications destinées à la jeunesse.
Dépôt légal : 2e trimestre 2016.
ISBN : 978-2-7459-6510-3.
Imprimé en Italie par Canale.

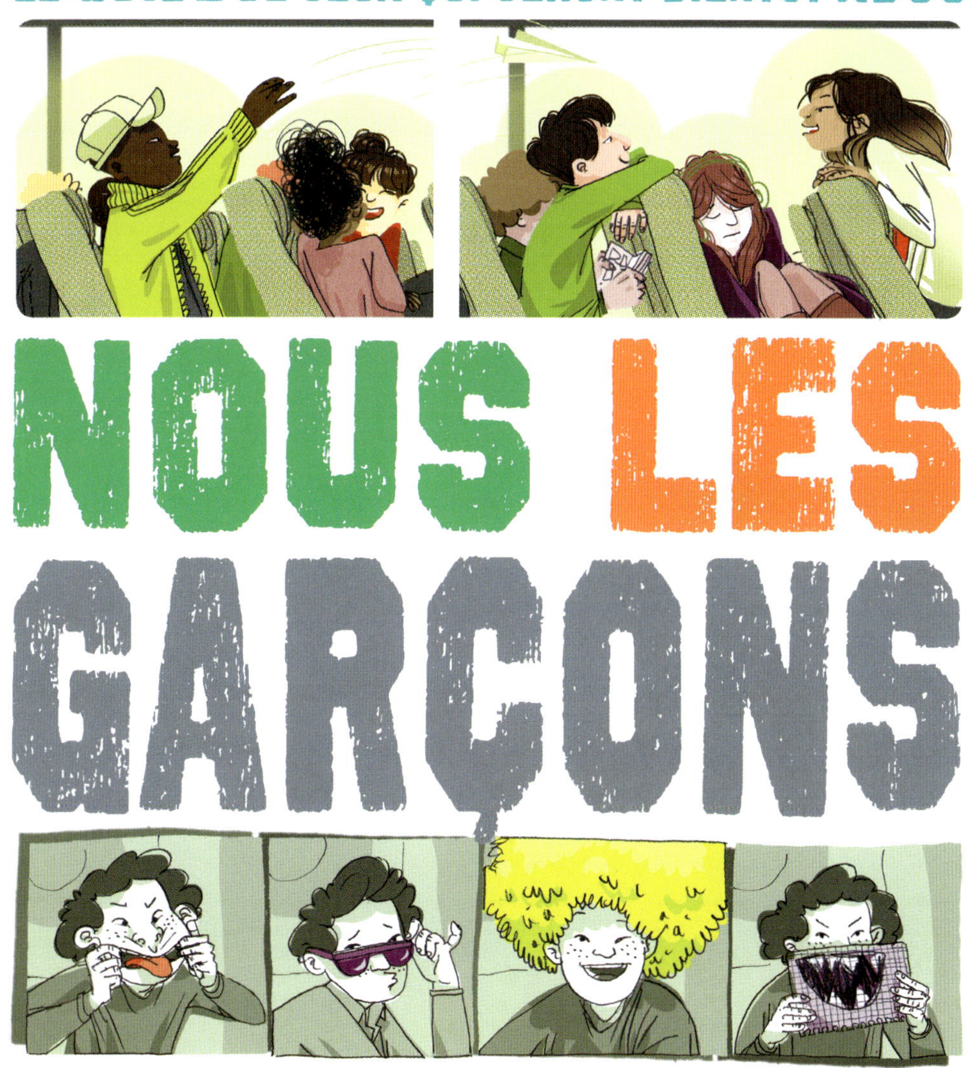

LE GUIDE DE CEUX QUI SERONT BIENTÔT ADOS

NOUS LES GARÇONS

Textes de Raphaël Martin
Illustrations de Édith Chambon

À mes héros : Daëgan, Paul et Lancelot.
Quand vous ouvrirez ce livre dans quelques années,
vous saurez que votre parrain l'a écrit pour vous !
Promis, il ne dira rien à vos parents quand vous le lirez
jusqu'à minuit sous la couette…

SOMMAIRE

Nous les garçons

ES-TU UN PRÉADO ?

- Des **poils** de barbe se pointent sur ton menton.
- Tu veux qu'on te considère comme un **grand**, vu que tu n'es plus un petit.
- Tu fais des rêves **érotiques**, ça change des Bisounours !
- Personne ne veut comprendre que tu es un **incompris**.
- Le **rasoir** de ton père commence à sérieusement t'intriguer.
- Parfois, tu te sens très **NRV** !
- Tu as donné tes Lego à ton petit frère, au moins, il te fiche la **paix**.
- De sales **boutons** s'invitent sans permission sur ton front.
- Tu te poses des tonnes de questions sur les **filles**.
- C'est la révolution dans ton pantalon : ton zizi a changé, tes **testicules** ont grossi…
- Fini les Playmobil, vive les potes sur **Internet** !
- Tu voudrais être aussi **musclé** que ton vieux Spiderman qui combat la poussière du placard.
- Tu as hâte d'entrer au **collège** même si ça t'impressionne un peu.
- Tu **transpires** alors qu'il ne fait pas spécialement chaud, c'est trop relou.
- Tu as très envie d'avoir une **copine** pour voir comment ça fait.
- Tu veux déménager chez les parents de tes copains, qui sont bien plus **cool** que les tiens.

Si tu te sens **CONCERNÉ** :

Par aucune de ces phrases, tu n'es pas encore vraiment préado. Va d'abord faire un tour dans les chapitres Amitié et Passions, garde les autres en réserve pour fêter ton premier poil au menton.

Par quelques-unes de ces phrases, tu commences ta puberté : tu as le temps, lis ce livre sans te presser. Même si tu ne comprends pas encore tout, il t'aidera à percer les mystères de la préadolescence.

Par presque toutes ces phrases : tu es en pleine puberté mais comme cette phase dure quelques années, tu as encore des tas de choses à apprendre. Cache vite ce bouquin sous ton oreiller.

TU TROUVERAS DANS CE LIVRE

- Des **explications** aux mystères de la préadolescence ;
- Des **témoignages** de préados comme toi (avec parfois l'avis des filles !) ;
- Des **quiz** pour t'amuser en apprenant à te connaître un peu mieux ;
- Des **solutions** pratiques à tes problèmes ;
- Des **conseils** d'experts très sérieux, mais pas trop !
- Des **jeux** de mots plus ou moins drôles de l'auteur.

Reporte-toi à la fin du livre si tu as besoin d'une info précise. L'index t'aidera à chercher plus facilement les renseignements que tu souhaites.
Tu peux aussi trouver des numéros à contacter si tu as besoin de te faire conseiller.

LES ÉTRANGES MUTATIONS DU CORPS

PAGE 10
À
PAGE 47

Il y a quelques années, tu es passé de la vie de bébé à celle de petit garçon. Tu entres maintenant dans une nouvelle étape de ton développement : la « puberté ». C'est une aventure très excitante qui va te permettre de devenir plus fort et plus intelligent. Elle est aussi un peu mystérieuse car elle va provoquer des changements physiques auxquels tu ne t'attendais pas du tout. Bonjour les poils de barbe, les boutons sur le nez et les odeurs sous les bras...
Ne fais pas trop travailler ton imagination, les conseils et explications que contiennent les pages suivantes te permettront de décrypter ces phénomènes magiques et de mieux les contrôler !

TU TE RECONNAIS ?

Être préado, c'est vivre plein de nouveautés mais aussi de petits désagréments. Complète les phrases suivantes par les lettres manquantes et teste ton vocabulaire.

J'ai des poils au m - - - - n et les cheveux super g - - s.

Mes t - - - - - - - es grossissent et je sais déjà qu'un zizi, ça s'appelle aussi un p - - - s.

Je ne vais pas tarder à m'acheter de la mousse à r - - - r.

J'ai pigé, je suis en pleine p - - - - - é !

Sous mes bras, y a comme une drôle d'odeur de t - - - - p - - - - - - n.

Demain, je me fais poser un a - - - - - - l d - - - - - - e chez l'orth - - - - - - - e.

J'ai de l'acné sur le front, en fait, c'est un tas de petits b - - - - - s

TEST TEST TEST TEST TEST TEST

Tu as mis moins d'une minute à mettre des mots sur ces maux ? Bon, d'accord, soit ton papa t'a aidé, soit tu es super fort au jeu du pendu. Mais pour vraiment bien comprendre les nouveautés de la puberté, il ne suffit pas de savoir comment elles s'écrivent ! Lis les pages qui suivent, tu sauras d'où viennent les petits tracas des préados.

Les étranges mutations du corps

Ton corps d'enfant commence à se métamorphoser pour devenir adulte. Pas de doute, tu entres dans la « puberté ». Te voilà avec des boutons, certes, mais ne te mets pas la pression ! La puberté, ça fait apparaître autant de questions que de poils au menton. À ton âge, les garçons se demandent souvent s'ils sont normaux. Voilà quelques informations pour te rassurer sur ce que tu ressens.

C'est QUOI, ce mot ?

Tu as peut-être entendu ton entourage ou ton médecin utiliser le mot « pubère » en parlant de toi ? *Pubescere* chez les Romains signifiait « se couvrir de poils ». Grrr ! Pourtant, devenir « pubère » ne signifie pas se transformer en loup-garou un soir de pleine lune. La puberté, c'est une évolution qui dure quatre ans environ. Peut-être en reconnais-tu déjà quelques signes annonciateurs :

- C'est quoi, cette moustache qui pointe son duvet sous mon nez ?
- Au secours, une invasion de poils autour de mon sexe et sous mes bras !
- Oulah, je ne reconnais plus mes testicules et mon pénis !
- Chouette, je deviens plus musclé qu'un super héros.
- Aïe, une attaque massive de boutons sur le front.
- Je chante comme un violon cassé, mais je commence à parler comme un homme.
- Je grandis tellement vite que je vais bientôt jouer au basket en NBA !
- Ça va pas la tête, mes cheveux deviennent hyper gras...

La puberté transforme ton corps, mais elle peut se traduire aussi par un changement de ton comportement et de ta relation avec les autres. Personne ne te comprend ? Ton humeur change du jour au lendemain comme la météo ? Tu te mets en colère contre le chat qui n'a rien fait ou contre tes parents qui ne comprennent jamais rien ? Ce sont peut-être aussi des signes que ta métamorphose a commencé.

Dans certaines sociétés, la puberté était l'occasion d'organiser des cérémonies qui symbolisent la fin de l'enfance. Lors du « Genpuku », les garçons japonais d'une douzaine d'années étaient habillés avec leurs premiers vêtements d'adulte et présentés aux divinités.

Les étranges mutations du corps

LA PUBERTÉ, UNE GALÈRE ?

La PUBERTÉ, c'est pas toujours le pied. Par exemple il peut arriver que tes seins poussent un peu et deviennent douloureux ! T'inquiète, ils finiront par dégonfler ! Et puis vive l'égalité : il arrive aussi à certaines filles d'avoir un petit duvet au-dessus de la lèvre supérieure... Personne n'est en avance ni en retard sur la puberté. La nature n'est pas une horloge atomique : elle donne à chacun son propre rythme. Certains garçons sont pubères avant 10 ans, d'autres à 16 ans. Cette phase dure en général trois ans mais elle peut être plus courte ou plus longue. La seule règle, c'est qu'il n'y a pas vraiment de règle !

> J'avais une petite douleur dans le dos, sous mon cartable. Quand je suis rentré chez moi j'ai découvert un gros bouton blanc ! J'ai cru que j'étais malade. En fait ma mère m'a expliqué que c'était mon premier bouton d'acné.
> **Lucas, 12 ans**

Les hommes ne sont pas des Transformers, notre corps n'est pas symétrique. Si tu as un testicule plus gros que l'autre ou le sexe qui n'est pas droit, ça peut te paraître inquiétant, mais en fait c'est complètement normal. Tu verras quand tu seras plus grand, tout le monde (même les filles !) s'en fiche complètement.

Conclusion : Être « normal », ça n'existe pas vraiment puisque chacun est différent et se transforme à son propre rythme. Fais confiance à la nature et dis-toi que la puberté existe depuis le début de l'humanité.

La puberté, c'est pas **SEULEMENT** une affaire de garçons.

Comme chez les garçons, la puberté chez les **filles** est déclenchée par la production de certaines substances naturelles du corps : les hormones. La transformation commence chez les filles vers l'âge de 10 ans, un ou deux ans avant celle des garçons.

> Mes premiers poils pubiens sont arrivés l'an dernier. Je me suis bien rattrapé depuis : j'en ai autant que mes potes de l'équipe de handball.
> **Yann, 16 ans**

Peut-être que tu ne partages pas encore beaucoup de choses avec les filles, mais sache que tu partages au moins les **galères de la puberté** : la fatigue, les courbatures provoquées par la croissance (jusqu'à 10 cm par an), les odeurs de transpiration, et surtout une certaine inquiétude de sentir son corps n'en faire qu'à sa tête !

Les filles cachent bien leur jeu, mais elles ont aussi une **poussée de poils** sous les bras et entre les jambes à la puberté. Leur sexe, qu'on appelle une « vulve » et qui ne ressemble pas du tout au pénis des garçons, se développe aussi.

> Au début ça m'a fait drôle de voir mes seins pousser. Mais le plus bizarre, c'est quand ma mère m'a acheté un soutien-gorge.
> **Julia, 12 ans**

Les étranges mutations du corps

La puberté te transforme en homme !

La puberté a des effets bizarres, mais c'est un phénomène naturel et essentiel.

Cette transformation pleine de bonnes et de mauvaises surprises est essentielle à ton développement. Elle permet d'augmenter tes capacités : non seulement ton corps devient plus solide et résistant, mais tu augmentes aussi beaucoup ton intelligence et tes facultés de raisonnement. Mais le rôle principal de la puberté, c'est de te rendre capable de te reproduire. C'est pour cela que tes organes sexuels se modifient.

Si tu te sens vraiment trop mal avec les transformations de ton corps, interroge un adulte de confiance. S'il n'a pas très envie de répondre, c'est qu'il n'a peut-être pas osé les poser lui-même. Sois plus courageux que lui, n'hésite pas à interroger d'autres personnes, un médecin par exemple.

Certaines transformations ne concernent que les filles mais elles ont exactement le même objectif que chez les garçons : **la reproduction** ! À la puberté, les filles commencent à avoir des « règles ». Ce sont des petits saignements intimes qui montrent que leur ventre se prépare à pouvoir fabriquer un jour des bébés. Leurs seins se développent et leurs hanches s'élargissent. La puberté prépare ainsi le corps des filles à accoucher si elles veulent des enfants quand elles auront l'âge d'être maman. Elles pourront aussi se servir de leur poitrine pour les allaiter si elles en ont envie.

Les étranges mutations du corps

La puberté à fleur de peau

Passer de l'enfance à l'adolescence, c'est un peu comme changer d'enveloppe.

Sans CHEVEUX, nous aurions le crâne gelé l'hiver et rôti l'été.

Sans SOURCILS, notre sueur nous coulerait dans les yeux.

Sans CILS, poils de narines et d'oreilles, pas de barrière contre les poussières.

Sans POILS DES AISSELLES, notre transpiration dégoulinerait jusque dans nos chaussettes.

2 kilos et 1 m^2 chez un préado !
Sais-tu que la peau est l'organe le plus lourd et le plus étendu du corps humain ?

La peau est une BARRIÈRE qui

nous protège des agressions naturelles, en particulier celles des microbes. Elle sert aussi à transmettre des informations entre l'extérieur et l'intérieur du corps, par exemple la sensation de froid qui nous permet de grelotter pour nous réchauffer.

La peau est aussi une USINE qui permet aux

mammifères de fabriquer des poils. Il est facile de comprendre que le pelage des ours qui vivent dans les glaces du Grand Nord leur sert à avoir chaud : Mmmm ! la bonne couverture. Chez les éléphants, le poil sert au contraire à évacuer la chaleur. Et chez les humains, crois-tu qu'il sert seulement à décorer et à gratter ? En fait, il nous est très utile aussi.

Pourquoi on a des POILS entre les jambes, alors ?

Une fonction des poils « pubiens », c'est de protéger des frottements les zones sensibles de notre peau. Sans ces poils, bonjour les irritations ! Mais ils ont aussi un rôle sexuel. Chez l'homme comme chez d'autres animaux, ils permettent de diffuser des parfums naturels qui permettent d'attirer les congénères du sexe opposé. Ces substances, qui aident les mâles et les femelles à se rapprocher pour se reproduire, s'appellent des « phéromones ». Pas bête, l'idée du diffuseur d'odeur, non ?

OPÉRATION

La puberté est l'occasion de tester un vrai jouet d'adulte : le rasoir. Tu voulais piquer le rasoir de ton père ? Lâche-le avant de lire ce qui suit, car cette nouvelle va te faire sursauter. Tu as 5 MILLIONS de poils. C'est bon, tu ne t'es pas coupé ?

Sur 5 millions de poils, la **barbe** n'en compte que 10 000 environ. Ouf ! L'homme préhistorique se rasait déjà, sûrement à l'aide d'un silex en se regardant dans l'eau. Rassure-toi, les techniques ont bien évolué depuis les préados de la grotte de Lascaux.

Jusqu'au XVIIIe siècle, les barbiers exerçaient aussi le métier de chirurgien parce qu'ils avaient l'habitude de manipuler des outils tranchants. Pour opérer, fais comme eux : choisis les meilleurs instruments !

Le rasoir MÉCANIQUE, c'est léger, pas cher et facile à transporter. C'est la solution tout-terrain ! Entièrement jetable ou à tête amovible, il te permet de te refaire une beauté un peu partout, même au camping dans un rétroviseur de voiture. Après usage, il suffit de le rincer à l'eau bien chaude pour l'entretenir. Son cousin plus chic, le rasoir électrique, t'offre une solution rapide, facile et sécurisante pour te raser. À condition bien sûr que tu puisses le brancher !

Avec un rasoir mécanique jetable, tu risques de te faire des petites coupures sans gravité dans le cou. Avec un rasoir électrique, le principal danger, c'est surtout la coupure d'électricité quand tu ne t'es rasé que d'un seul côté !

Pour un RASAGE sans dérapage

Le plus compliqué, c'est encore d'avoir les yeux en face des trous quand tu sors de l'oreiller.

Utilise le rasoir ÉLECTRIQUE sans te laver le visage. Si ta peau est sensible, tu peux utiliser une crème spéciale pour adoucir le passage de la machine. Si ton rasoir est équipé d'une grille, utilise-le à rebrousse-poil en le gardant à angle droit par rapport à la peau. S'il a des têtes rotatives, fais de petits mouvements circulaires sans trop appuyer. Si ça ne marche pas, réveille-toi : tu as oublié de le brancher !

Le rasoir MANUEL s'utilise après avoir préparé la peau : mousse, crème, gel à raser… les fabricants proposent des tas de produits, mais rien ne vaudra ta propre expérience quand tu auras fait un ou deux essais. Une fois que tu as bien fait mousser, rase-toi en passant la lame du haut vers le bas. Tu peux terminer par un rasage plus précis de bas en haut, sans trop insister. Quand tu auras terminé, rince-toi à l'eau fraîche. Ta peau a besoin d'un peu de temps pour s'habituer, ne t'inquiète pas si elle réagit un peu bizarrement les premiers temps.

TRUCS de mec :

- Pour éviter que la peau tire et pique après le rasage, utilise un produit après-rasage.
- Tu es le champion de la coupure ? Achète une pierre d'alun ou un « crayon hémostatique » en pharmacie pour t'aider à cicatriser. Si tu n'as rien d'autre sous la main, utilise un petit morceau de papier toilette pour stopper le sang.
- Si tu as la peau sèche, tu peux utiliser des crèmes pour hydrater ton visage.

Soir ou MATIN ? La barbe est plus dure le soir que le matin. Pour te compliquer la vie, rase-toi le soir !

Les étranges mutations du corps

JE SUE, TU SUES, IL PUE

La transpiration, ça ne sent pas hyper bon, mais il existe quand même des solutions.

Pour comprendre les CAUSES de la transpiration, il faut savoir que de nombreux animaux ont une température idéale de fonctionnement : chez l'homme, elle est de 37,2 degrés Celsius. Le corps doit donc se maintenir en permanence à cette température. Pour cela, il utilise différents mécanismes qu'on appelle de « thermorégulation ».

Le corps doit produire du chaud s'il est exposé à une température extérieure trop faible : il commande à nos muscles de transformer leur énergie en chaleur, et c'est pour cela que nous frissonnons.

La vie du lézard est plus cool que la nôtre : comme il n'est pas équipé d'un mécanisme de régulation thermique, il est obligé de passer ses journées au soleil. Trop dur !

Le corps doit perdre de la chaleur s'il est exposé à une température extérieure trop importante : il commande à des glandes de notre peau d'évacuer des gouttelettes de sueur le long de nos poils, qui vont absorber la chaleur à la surface de notre corps. Ces gouttelettes sont composées d'eau, mais aussi de certains déchets naturels. Une fois sur la peau, ils servent de repas aux bactéries qui habitent dans chacun de nos recoins. Ces bêbêtes digèrent la transpiration, la « dégradent », et là, bonjour les odeurs qui tuent !

Comment sentir meilleur qu'un camembert mort ?

Cinq conseils bien frais pour ne pas transpirer comme un fromage en été.

- Pendant ta toilette, explore au savon les zones obscures de la jungle corporelle : sous les bras, entre les doigts de pied, tout doit y passer.
- Joue de la serviette pour bien te sécher en sortant de la douche.
- Termine le boulot avec un petit coup de déodorant ou d'anti-transpirant sous les bras.
- Évite les vêtements trop serrés.
- Si malgré toutes ces précautions quelqu'un dit « ça pue » dans le bus, prends un air décontracté et innocent.

Je transpire surtout quand je suis stressé. En plus, ça me fait stresser de transpirer ! Pour résoudre le problème j'essaye de ne pas trop y penser.
Armel, 12 ans et demi

L'homme transpire un litre par jour. Ça vaut quand même mieux que le halètement du chien qui, lui, ne transpire pas et doit tirer la langue pour se rafraîchir. Tu t'imagines faire la même chose tout l'après-midi à la plage devant tes copains ?

J'ai essayé plusieurs déodorants mais j'ai souvent des auréoles de sueur sous les bras. Le truc que j'ai trouvé, c'est de porter des t-shirts noirs pour que ça ne se voie pas trop.
Malo, 13 ans

Les étranges mutations du corps

CHAUSSURES, DANGER CHIMIQUE !

Les chaussures sont les meilleures amies des pieds, mais lâche-leur un peu les baskets.

As-tu déjà rêvé d'enlever tes pompes devant d'autres personnes et de devoir crier : attention, nuage toxique ! Voici quelques trucs pour éviter que ce cauchemar devienne réalité. Les odeurs de pieds sont liées à la présence de bactéries et de minuscules champignons qui se partagent le fond de tes chaussures. Ton objectif, c'est donc de gâcher la vie de ceux qui squattent tes baskets.

- Ne les porte jamais pieds nus et choisis des chaussettes en coton (surtout pas synthétiques !).
- Si tu as deux paires de pompes, laisse-les respirer en alternant tous les jours.
- Si tu transpires trop, mets un peu de talc sur tes pieds avant de les enfiler.
- Utilise de temps en temps un désodorisant pour chaussures.

Occupe-toi de tes PIEDS : lave-les matin et soir et sèche bien les plis qui retiennent l'humidité entre tes orteils. Et quand tes pieds sont propres, sois logique, ne les range pas dans des chaussettes sales… **Une alimentation équilibrée et une bonne hygiène de vie** permettent aussi de limiter les parfums moisis en tous genres. Si tu observes toutes ces règles mais que tes pieds continuent à émettre des odeurs fortes, ils ont peut-être besoin d'un soin : il n'y a aucune honte à poser la question à ton médecin, les pieds font aussi partie de son métier.

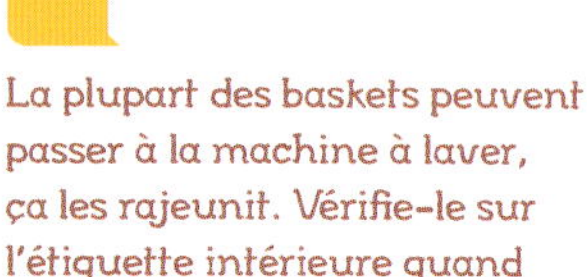

La plupart des baskets peuvent passer à la machine à laver, ça les rajeunit. Vérifie-le sur l'étiquette intérieure quand elles sont encore neuves.

Combattre les BOUTONS et les idées reçues

Tu penses qu'il n'y a rien de pire, dans la vie, qu'un méga-bouton apparu en pleine nuit sur ton nez ? Allez, on déstresse et on relativise un peu.

À la puberté, la peau se met à produire beaucoup de « sébum ». Cette substance grasse la protège des agressions microbiennes, et lui permet de rester souple. Mais lorsque la peau en produit un peu trop, le sébum bouche les pores, les minuscules trous qui servent à évacuer la transpiration et les déchets de notre organisme. Ces impuretés restent prisonnières sous la peau, s'accumulent et forment une petite bosse : zut, un bouton !

Ce phénomène NATUREL s'appelle « l'acné ». Ce mot vient du grec *Akme*, qui signifie « sommet ». Pourtant, n'en fais pas une montagne. D'abord, elle concerne environ 85 % des adolescents du monde entier : tu n'es donc pas tout seul. Ensuite, l'acné n'est pas une maladie. Elle n'est pas contagieuse et disparaît généralement à la fin de l'adolescence. Enfin, il existe des solutions pour limiter le problème. Le conseil de base, c'est d'avoir une bonne hygiène, mais tu peux aussi acheter des produits nettoyants spécifiques pour traiter localement la peau.

Grille les SPOTS ! Il est déconseillé de percer un bouton, mais si vraiment tu ne supportes plus le gros point blanc qui décore ton front, presse-le entre tes doigts avec un mouchoir en papier. Nettoie le champ de bataille et tes mains avant et après l'opération avec un désinfectant…

Si tu souffres d'une acné très sévère qui te pourrit la vie, n'hésite pas à consulter un médecin dermatologue : le grand sorcier de la peau te prescrira un traitement médical adapté.

Les étranges mutations du corps

AU POIL, TA COUPE DE CHEVEUX

Un cheveu vit 6 ans environ, facilite-lui l'existence pour qu'il ne te prenne pas la tête !

Qui sont les cent mille fils qui foisonnent sur notre crâne (répète cette phrase pour savoir si tu en as aussi un sur la langue !) Comme tous les poils, mais aussi comme les ongles, le cheveu est composé d'une matière particulière : la kératine. Elle le rend solide, imperméable, et très résistant. À la puberté, les changements qui se produisent à la surface de ta tête sont très rapides. La production de kératine s'emballe, et peut faire apparaître des petites pellicules sèches qui « neigent » sur tes épaules. Joyeux Noël !

Ce phénomène peut être accompagné de démangeaisons, liées à la présence de minuscules parasites à la surface du cuir chevelu. La production excessive de sébum peut aussi rendre les cheveux particulièrement gras : joyeux Mardi gras ! Ces phénomènes sont aggravés par l'insuffisance de sommeil, le stress, la pollution ou encore les changements de saison.

Du BON sens ! Comme pour les poils en général, la préadolescence n'est pas une période facile pour les cheveux. Pour limiter les ennuis, utilise plutôt des shampoings « doux ». Tu peux alterner leur utilisation avec celle d'un shampoing antipelliculaire. Prends soin de bien rincer tes cheveux après les avoir lavés.

Même si ce n'est pas toujours facile de remplacer une crème dessert par une pomme, essaie de mieux équilibrer ton alimentation en consommant plus de fruits et de légumes frais. Enfin, essaie d'étaler sur ta tête moins de 10 litres de gel coiffant par jour, ça n'arrange pas les choses...

Au menu, lunettes et lentilles

Tu dois porter des lunettes ? Commence par jeter tes yeux… sur les conseils de cette page.

Les verres CORRECTEURS permettent d'améliorer et de corriger la vue. Les problèmes des yeux ont des noms un peu effrayants, mais en général ils ne sont pas graves : la **myopie**, qui rend difficile la vision de loin, l'**hypermétropie**, qui produit l'effet contraire, et l'**astigmatisme**, qui rend la vue imprécise.

Tu auras généralement le choix de porter soit des lunettes, soit des lentilles (les « verres de contact »). Mais utiliser des lentilles ne dispense pas d'avoir des lunettes adaptées ; bref, elles viennent en plus ! En général, les lentilles **rigides** sont plus conseillées aux préados que les lentilles **souples**. Les lentilles sont un avantage si tu ne supportes pas l'idée d'avoir des lunettes. Elles sont aussi utiles pour faire du sport mais peuvent provoquer des petites irritations.

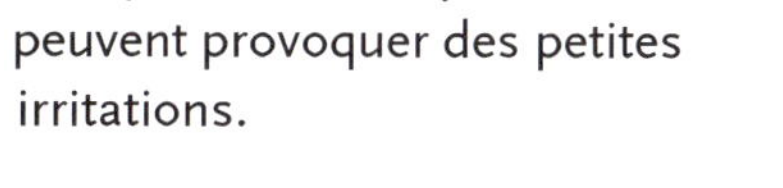

Les LUNETTES, pas si bêtes. Finie l'image de l'intello aux yeux de hibou, les lunettes aujourd'hui sont plutôt chouettes ! Inventées il y a 1 000 ans, elles ont eu le temps de devenir un véritable accessoire de mode. Personnalise ton style en les choisissant plutôt *fashion*, à montures fines ou épaisses, ou encore vintage style Harry Potter…

EXPERT

Les lentilles sont prescrites en plus des lunettes, ce qui permet d'alterner et de laisser l'œil se reposer (le soir ou le week-end) Elles obligent à une hygiène irréprochable : se laver les mains avant leur manipulation, les nettoyer quotidiennement (jamais à l'eau du robinet), ne pas se baigner ou se doucher avec… Respecte les durées de port et utilise régulièrement des larmes artificielles.
Nicolas Badré, ophtalmologue

SOURIRE OU POURRIR, À TOI DE CHOISIR !

Garde à tes dents leur blancheur naturelle, sauf si tu préfères suivre une ancienne mode japonaise qui consistait à les avoir complètement noires.

Ta brosse à dents n'est pas une pièce de collection : n'aie surtout pas peur de l'utiliser. D'abord, tu éviteras les caries, qui peuvent être douloureuses et te valoir une petite visite chez le dentiste. Ensuite, tu conserveras des dents bien blanches. Rappelle-toi que celles qui ont repoussé après tes dents de lait sont des dents définitives que tu garderas toute ta vie. Alors autant en prendre soin dès maintenant.

Bien se BROSSER les dents, c'est frotter tous les recoins pour éviter l'accumulation de restes de nourriture. Ces détritus favorisent le développement de bactéries qui sont à l'origine des caries.
Les spécialistes recommandent deux brossages de dents de trois minutes par jour. Si tu tiens ces six interminables minutes, tu es un champion du brossage et tu peux sourire de toutes tes quenottes en haut du podium. Si tu n'y parviens pas, voilà un autre plan. Frotte-toi les dents un peu moins longtemps, mais trois fois par jour ; matin et soir, mais aussi après le déjeuner de midi si tu rentres à la maison. En tout cas, brosse toujours du rouge (la gencive) vers le blanc (la dent).

Rends visite à ton DENTISTE deux fois par an, il ne te mordra pas. En revanche il détectera les caries avant qu'elles atteignent un stade douloureux, et pourra te conseiller.
Défi spécial pour t'occuper l'esprit quand tu es dans le siège de l'espace : pose au dentiste cinq questions sur l'hygiène dentaire en gardant la bouche grande ouverte pendant qu'il bricole dedans...

L'ACHAT d'une brosse à dents peut paraître encore plus compliqué que celui d'une console de jeux. Poils durs, doux, medium ? Électrique ? Pour faire simple, évite les poils durs et trouves-en une dont la forme te plaît bien. L'important, c'est moins de choisir une brosse à dents que de s'en servir tous les jours, et surtout de la remplacer régulièrement : pour que ce soit facile à retenir, il suffit de penser à en racheter une à chaque changement de saison.

Haleine d'ALIEN ? Il existe quelques trucs plus ou moins efficaces pour améliorer son haleine, par exemple le « gratte-langue », qui est fixé au dos de certaines brosses à dents, ou l'utilisation de bains de bouche qu'on trouve en pharmacie. L'essentiel est quand même d'avoir une bonne hygiène dentaire, de bien mâcher les aliments pendant les repas, et surtout d'éviter de fumer. Si ton problème persiste, repasse par la case dentiste !

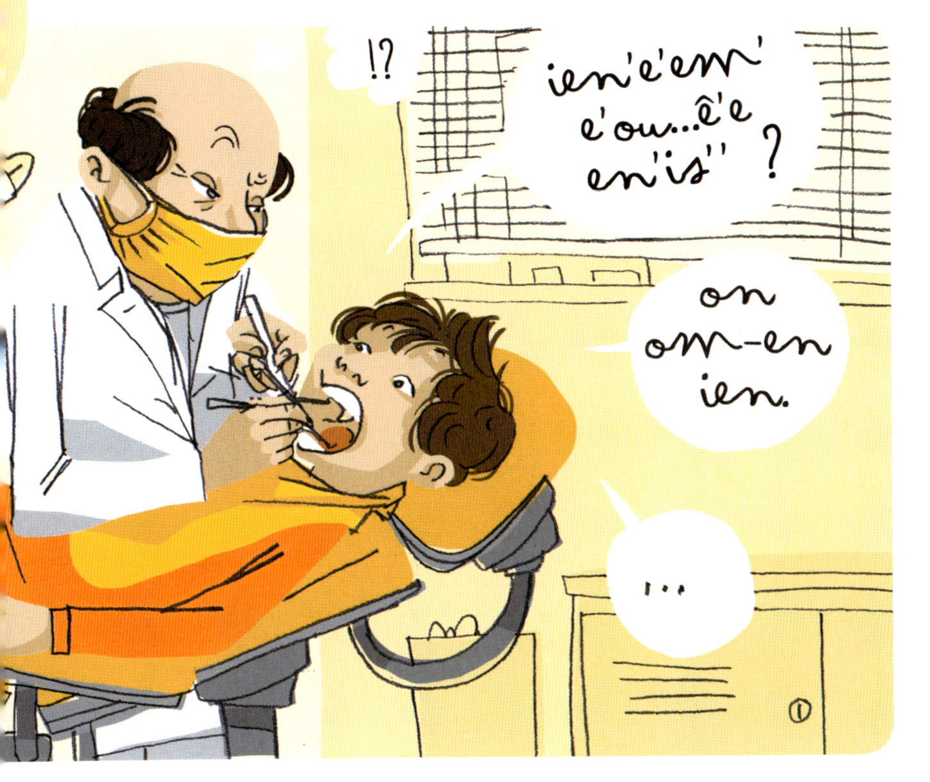

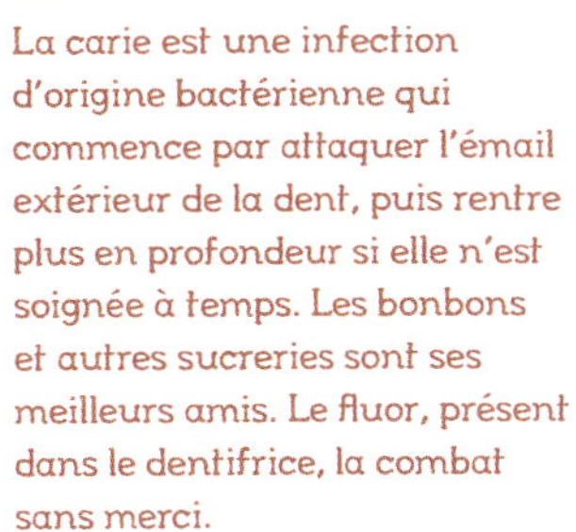

La carie est une infection d'origine bactérienne qui commence par attaquer l'émail extérieur de la dent, puis rentre plus en profondeur si elle n'est soignée à temps. Les bonbons et autres sucreries sont ses meilleurs amis. Le fluor, présent dans le dentifrice, la combat sans merci.

L'APPAREIL DENTAIRE : ENFER OU GALÈRE ?

La préadolescence est souvent l'occasion de croiser un monstre plus inquiétant que le basilisk d'Harry Potter : l'orthodontiste. Apprends à le comprendre, il n'est pas si méchant.

Même les adultes qui sont nés à une période où ces appareils n'existaient pas s'y mettent aujourd'hui : ils ont envie de retrouver le sourire.

À part faire mal, ça ne sert à rien ! FAUX. L'orthodontie est une médecine spécialisée dans l'alignement des dents. Elle sert à corriger quelques petites imperfections de la mâchoire, lorsque par exemple les canines poussent trop vers l'intérieur. Sa vocation n'est pas seulement de rendre la dentition plus esthétique, mais aussi d'améliorer son fonctionnement. Avoir de bonnes quenottes, ça permet de bien mastiquer la nourriture et de digérer autre chose que de la compote. La pose d'un appareil dentaire n'est pas vraiment douloureuse, mais tu ressentiras un certain inconfort pendant quelques jours.

Ça va durer LONGTEMPS, ce sourire métallique ? Il faut généralement deux à trois ans pour que ta mâchoire retrouve sa pleine forme. Prends ton mal en patience, tu savoureras d'autant plus le grand jour où tu vas monopoliser le miroir de la salle de bains pour te sourire à toi-même.

> Quand on m'a mis un appareil dentaire j'avais peur que ça fasse « gros » devant ma bouche, et surtout que ça fasse mal. En fait, ça me tire un peu les dents mais ce n'est pas très douloureux. Les bagues ne se voient pas trop quand j'ai la bouche fermée.
> **Karim, 12 ans**

L'appareil dentaire, c'est un TUE-L'AMOUR ? Un peu, c'est vrai, mais il n'y a aucun risque de rester coincé si tu embrasses une fille qui a aussi un appareil dentaire ! Sais-tu que Robert Pattinson, Edward Cullen dans *Twilight*, a eu des boutons d'acné ET un appareil dentaire ? Savoir que ce genre de galère arrive même au plus sexy des vampires, c'est déjà rassurant.

Conclusion : Même si tu as peur de ce qui t'arrivera dans la grotte maléfique de l'orthodontiste, ne t'inquiète pas, tu en ressortiras un jour ou l'autre avec un grand sourire !

Faut quand même pas pousser !

Robert Pattinson a eu un premier appareil dentaire quand il était ado, mais il a refusé d'en remettre un deuxième avant de tourner *Twilight* comme l'exigeait la production ! La beauté, d'accord, mais la personnalité d'abord…

Les étranges mutations du corps

TICS, TOCS ET AUTRES BIZARRERIES

Le corps nous envoie parfois certains signaux de nervosité. Sais-tu les identifier ?

- Des pensées ou des images reviennent sans cesse dans ta tête ?
- Tu revérifies dix fois la même chose ?
- Tu réécris tes devoirs pour tenter d'atteindre la perfection ?
- Tu t'habilles dans un ordre très précis ?
- Tu as très peur des microbes ?
- Tes rituels perturbent ta vie familiale et scolaire ?
- Tu essayes de faire le plus possible de gestes symétriques ?

Si tu te sens concerné par une ou plusieurs de ces phrases, c'est que tu as peut être un petit tic ou un petit TOC.

Les tics sont de petits gestes involontaires et répétitifs qui peuvent apparaître dans notre comportement, par exemple le fait de s'arracher des cheveux sans arrêt. Ils sont plus faciles à repérer quand ils concernent quelqu'un d'autre que soi-même et en général, ils augmentent avec le stress. Normal, ils servent en fait à évacuer la pression !

Tu te ronges les ongles ? C'est sûrement parce que tu es un peu stressé. Essaye de repérer les moments où cela t'arrive, et de les espacer... Tu peux couper tes ongles assez courts, comme ça tu n'auras plus rien à grignoter ! Le but, c'est surtout de ne pas trop en faire une habitude et de trouver d'autres moyens de décompresser. Fais-toi offrir une balle antistress que tu peux serrer entre tes doigts quand tu te sens nerveux. Sinon, termine de massacrer un vieux ballon Flash McQueen !

PAS DE
PANIQUE !
LES ÉTRANGES MUTATIONS DU CORPS

Si tu te sens envahi, fais-toi aider !

Ces idées ou ces comportements répétitifs ne sont pas du tout anormaux s'ils ne sont pas trop envahissants. Mais si par exemple ils t'obsèdent ou s'ils durent plus d'une heure par jour, parles-en à un médecin plutôt que de tenter de les dissimuler. Ne t'inquiète pas, tu ne passeras pas du tout pour un fou ! Simplement, le médecin te conseillera, ou te dira s'il faut faire quelque chose pour que ton TOC ou ton tic ne te gâche pas la vie.

EXPERT

Voici venu pour toi le temps des découvertes, des nouvelles expériences mais aussi du changement. Le corps avec qui tu cohabitais tranquillement depuis 10 ans se métamorphose, ton humeur est fluctuante d'un jour sur l'autre voire d'une heure sur l'autre... Dans ces circonstances, normal que tu te sentes angoissé. Mais parfois tu es débordé, envahi, tu n'as plus envie de jouer à ton jeu favori, de lire, de voir les copains. Consulte-nous, on peut t'aider !
Laure Pauly, pédopsychiatre*

* Un pédopsychiatre n'est pas un dinosaure, mais une sorte de « docteur des soucis » qui s'occupe des enfants, des préados et des ados. Ton médecin peut t'envoyer le rencontrer pour qu'il t'aide à régler tes difficultés, sans jamais te juger.

Démasque les ruses de l'alcool

Un jour ou l'autre, on te proposera de goûter de l'alcool. Il est très important pour ta santé de repousser ce moment le plus tard possible.

L'alcool est une DROGUE

qui provoque des maladies graves et beaucoup d'accidents sur la route. Tout le monde le sait, mais bizarrement, on peut l'acheter dans les supermarchés ! L'alcool est quand même interdit à la vente aux moins de 18 ans.

Pourtant, les fabricants sont malins et essayent de s'enrichir en convaincant les jeunes d'en boire. Comme l'alcool rend « **dépendant** », ils cherchent à t'en faire goûter une première fois, pour qu'ensuite tu en reprennes le plus souvent possible.

Comme ils sont vraiment rusés et qu'ils savent que tu es prévenu, les marchands d'alcool planquent leurs produits dans des emballages innocents. **Méfie-toi** des flacons colorés, avec des noms bien cool. C'est peut-être des « prémix » ou des « alcopops », qui ressemblent à des sodas pleins de sucre mais qui contiennent beaucoup d'alcool. Avant de goûter, vérifie si mot le « alcool » est écrit sur l'emballage, ou s'il y a une image représentant une femme enceinte barrée en rouge.

L'alcool, comme les autres drogues, ça rend dépendant : ça signifie que plus on en on consomme, plus on a envie d'en acheter et d'en consommer. C'est un vrai cercle vicieux !
Simon, 17 ans

Conclusion : Ta mission va donc être d'identifier l'alcool, et de retarder le moment où tu vas en boire pour la première fois. Si tu résistes jusqu'à tes 18 ans, tu es un super héros ! Ce n'est pas une raison pour devenir complètement alcoolique ensuite… Sinon, essaie de repousser le moment fatidique – quitte à sortir un gros bluff à tes copains – et compte les fois où tu as réussi à dire non : c'est autant de victoires de ta personnalité !

Les scientifiques viennent de découvrir que le *binge drinking*, la consommation d'alcool chez les jeunes très rapidement et en grande quantité, modifie le cerveau et augmente les risques de devenir alcoolique à l'âge adulte.

Pour ne pas tomber dans le piège de la dépendance, les adultes font passer la qualité avant la quantité : c'est pour ça qu'ils boivent le vin dans des jolis verres, et pas directement à la bouteille ! Si vraiment tu as envie de goûter de l'alcool pour voir « comment ça fait », demande à un adulte de t'initier et de t'en faire déguster un peu dans son verre…

Les étranges mutations du corps

DROGUE : TOUTE LA VÉRITÉ !

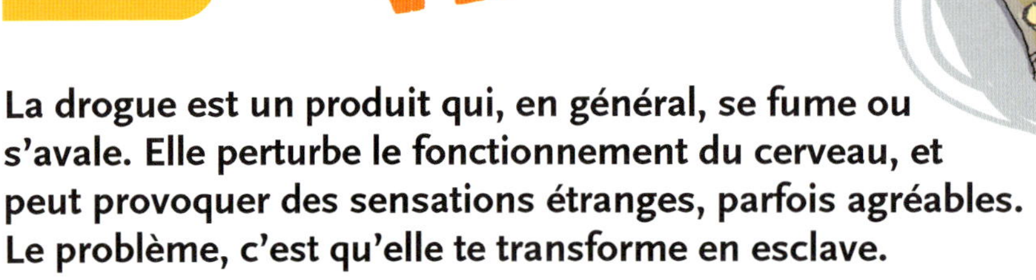

La drogue est un produit qui, en général, se fume ou s'avale. Elle perturbe le fonctionnement du cerveau, et peut provoquer des sensations étranges, parfois agréables. Le problème, c'est qu'elle te transforme en esclave.

La drogue, ça ressemble à QUOI ? Il existe un tas de drogues différentes. Tu en rencontreras certainement au collège ou chez des copains.

La plus répandue est le cannabis, souvent appelé « shit » : il se présente sous la forme de bâtonnets marron foncé qu'on émiette dans du tabac pour le fumer. Cette drogue est proche d'une autre, l'herbe, qu'on appelle encore la « beuh » ou la « weed » et qui se présente sous la forme d'une plante séchée très odorante. Ces substances se fument dans des sortes de cigarettes, les « joints ». Des cachets multicolores avec des chouettes décos peuvent être de l'ecstasy, ou « taz ». Il existe des drogues encore plus dangereuses, l'héroïne ou la cocaïne. La consommation et la vente de ces substances, interdites par la loi, peuvent conduire à la case prison en passant par la case police !

L'alcool et le tabac ne sont pas interdits, mais ce sont aussi des drogues « dures » dont il faut se méfier car il est très difficile de revenir en arrière une fois qu'on y a goûté.

J'ai fumé du cannabis avec un ami pendant plusieurs mois, ça me plaisait, on prenait souvent des fous rires. Mais une nuit, je me suis réveillé en sueur, le cœur battant, persuadé que j'allais mourir. J'ai tiré ma mère de son lit. Elle était très inquiète et a appelé SOS Médecins. Dans le langage de la drogue, on appelle ça un « bad trip » (mauvais voyage), mais dans le langage médical, c'est une intoxication aiguë. Cette expérience a vraiment failli mal tourner pour ma santé.
Yann, 16 ans

Dire non, c'est pas con. Souvent, on commence à se droguer pour ressembler aux autres. Quand un joint circule dans un groupe, ce n'est pas toujours fastoche de refuser. Quand j'avais 15 ans, j'ai réussi à être le seul à ne pas fumer de cannabis alors que 5 copains en fumaient autour de moi ! J'avais peur de passer pour un attardé. Finalement, on en a rediscuté quelques jours après et certains m'ont dit qu'ils m'avaient plutôt trouvé plutôt adulte et courageux.

Corentin, 15 ans

LES POTES, MAIS PAS LA CLOPE

Les étranges mutations du corps

La meilleure solution, pour ne pas se faire enfumer, c'est de ne pas commencer.

ZAPPE la première ! Fumer sa première cigarette avec des amis peut donner un sentiment d'indépendance et de plaisir. En fait, c'est le contraire qui se passe. La cigarette contient des poisons capables de rendre les fumeurs « prisonniers » : il est très difficile de s'arrêter une fois qu'on a commencé car plus on fume, plus on a envie de fumer. C'est pour ça que certains adultes ont besoin de 40 cigarettes par jour. La cigarette provoque une sorte de maladie que les médecins appellent la « dépendance », qui est tout le contraire de l'indépendance ! Même si tu n'es pas fort en maths, fais juste ce petit calcul : une seule cigarette par jour, c'est 130 euros qui partent en fumée par an, le prix d'une petite console de jeux !

Des idées pour dire NON. La fumée de cigarette contient plus de 1 500 produits chimiques, par exemple du monoxyde de carbone, le même gaz qu'on retrouve à la sortie des pots d'échappement des voitures. Déjoue les pièges des fabricants, qui cachent ces poisons derrière des goûts sympas d'abricot ou de menthol. Si tes copains se moquent de toi, explique-leur qu'il ne te viendrait pas à l'idée de boire de l'insecticide ou du goudron ! Il y en a dans les cigarettes.

À ta SANTÉ! Jette un œil sur les photos qui « décorent » les paquets de tabac, elles pourraient être tirées d'un film d'horreur. On y voit d'anciens fumeurs à qui la cigarette a provoqué des maladies très graves, comme le cancer. Dans le monde, la clope tue une personne toutes les 4 secondes. Bon, pour prendre les choses du bon côté, dis-toi qu'une cigarette en moins, c'est 11 minutes de vie supplémentaire.

Tu as CRAQUÉ? Franchement, ça arrive à tout le monde. Profites-en pour te demander si tu apprécierais vraiment :

- d'avoir mauvaise haleine en permanence ;
- d'avoir la tête embrumée tous les matins ;
- d'avoir les dents et les doigts qui jaunissent ;
- de devoir te laver au moins trois fois les mains après une cigarette pour te débarrasser de l'odeur ;
- d'inventer sans cesse des stratagèmes pour éviter de te faire coincer par tes parents…

En résumé, il est bien plus facile de dire non à sa première cigarette que de s'arrêter de fumer. À toi de jouer !

Le sommeil joue un rôle aussi important que l'alimentation, mais on y fait souvent moins attention.

Le sommeil, un ALLIÉ inconnu. Il se passe de drôles de choses dans ton corps quand tu dors. Tu sais déjà que le sommeil permet de se reposer, mais démasquons un peu plus cet inconnu.

- Le sommeil chasse ton stress. VRAI
- Bien dormir permet de grandir. VRAI
- Qui se repose bien est moins malade. VRAI
- Se coucher plus tôt permet de moins galérer à l'école. VRAI
- Il existe 4 sortes différentes de sommeil. VRAI

Toutes ces affirmations sont justes !

Le sommeil est très important surtout si tu as cours le lendemain. Se coucher tôt, ça ne veut pas dire s'allonger au lit pour sortir aussitôt ta console, ta tablette ou allumer ta télé perso… **Frédéric Piquet, professeur de collège**

Le sommeil est un MÉCANISME très complexe, mais aussi très utile. Il en existe plusieurs sortes, qui se succèdent chaque nuit selon des cycles précis. Une fois endormi, tu entres successivement dans des phases de sommeil léger, de sommeil profond et de sommeil paradoxal. Le sommeil profond est le plus réparateur, et le sommeil paradoxal celui des rêves et des cauchemars.

Le sommeil TRAVAILLE silencieusement pendant que tu dors. Il permet au corps d'effacer la fatigue physique et le stress, mais aussi de fabriquer des hormones de croissance et des défenses naturelles contre les microbes. Il trie les informations accumulées à l'école dans la journée et les range dans ta mémoire. Le sommeil est donc un allié qui augmente tes pouvoirs physiques et mentaux. Il est essentiel de lui laisser le temps d'accomplir ses différents travaux, en dormant suffisamment.

Les Français ont perdu 1 h 30 de sommeil par jour en cinquante ans : merci la télé ! Essaie de te coucher un peu plus tôt pour remonter le niveau !

Les étranges mutations du corps

TROUVER LE SOMMEIL SANS PASSER LA NUIT À LE CHERCHER

Pour s'endormir, il y a des trucs à faire et d'autres à vraiment éviter.

☺ Rafraîchis ta chambre en baissant les radiateurs si la température est trop élevée.

☺ Lis un livre plein de vampires, mais pas trop méchants quand même.

☺ Aux premiers signes d'endormissement, éteins la lumière sans trop tarder.

☺ Place-toi dans une position confortable, de préférence sur le dos pour libérer les poumons.

Manquer les premiers signes d'endormissement, c'est comme rater un train : ça t'oblige à attendre le prochain et à perdre du temps.

Je m'endors plus facilement quand je ne joue pas à la DS dans mon lit. Quand j'ai envie de faire une partie de *Rayman Origins*, je la fais plutôt au salon sur le canapé.
Mohamed, 9 ans

☹ Dévore comme un ogre le soir.

☹ Regarde la télé ou invite Mario à faire du kart dans ton lit.

☹ Pratique une activité physique intense le soir.

☹ Dors avec la lumière ou la télé allumée.

L'obscurité permet de stimuler la production de mélatonine, l'hormone du sommeil.

Quand je rentre d'un entraînement de judo, j'ai du mal à dormir si je me couche trop vite. Je prends un bain en fermant les yeux et en respirant profondément. Ensuite je m'allonge sous la couette et je lis un ou deux chapitres. J'éteins dès que je commence à bâiller. En général, ça marche.
Clément, 14 ans

Tu n'arrives pas à sortir du lit le MATIN ?

La recette est hyper simple : relis le paragraphe précédent !

L'endormissement est un moment délicat à ton âge. Finis les doudous, les lectures parentales, l'ensemble de ces petites choses qui permettaient la détente. Parfois la nuit avec sa perte de maîtrise, ses rêves et ses cauchemars peut t'inquiéter un peu. La musique peut venir remplacer tout ça.
Laure Pauly, pédopsychiatre

QUESTIONS DE POIDS

Des conseils allégés sur un sujet parfois un peu lourd.

Je suis trop **GROS** !
Je me trouve trop **maigre** !
Avant de répéter ce genre de pensée en boucle, faisons le point sur le poids. L'idée que l'on se fait de son propre poids ne correspond pas toujours à l'image qu'en ont les autres, ni à la réalité. Observe dans ton entourage, toutes les situations sont possibles.

- Karim se trouve trop gros alors qu'il est le plus sportif de la classe.
- Tout le monde trouve Morgane beaucoup trop maigre, mais elle pense être au top.
- Le prof de maths est carrément obèse mais ça n'a pas l'air du tout de l'effrayer.
- Ta sœur adore le petit bourrelet de gras que son mec porte autour du ventre sur la plage.
- Tu es certain que ton poids est anormal, alors qu'il est tout à fait dans la moyenne…

Trop bizarre, non ? Que tu aies ou non un vrai problème, la seule manière de répondre à tes questions est de les poser à un médecin. À l'aide d'une formule mathématique, il calculera si ton poids correspond à la moyenne pour ton âge et pour ta taille. S'il ne détecte aucun problème, tu seras un peu rassuré. Et s'il pense que tu as quelques kilos en trop ou en moins, il te conseillera pour en perdre ou en gagner. Dans tous les cas, ses réponses auront déjà allégé le poids de tes questions !

Sois patient et sache que certains petits soucis de poids causés par la puberté disparaitront d'eux-mêmes dans quelques années.

EXPERT

Parole d'expert : Ta grand-mère te dit souvent « tout problème a une solution ». C'est vrai, parole d'expert ! Mais parfois il faut attendre un peu. Apprendre à s'aimer ça prend du temps ! Si tu te trouves trop rond, tu peux rencontrer des professionnels qui auront des tas de propositions. Ils travaillent dans des endroits appelés « Répop ». Parles-en à ton médecin généraliste.
Laure Pauly, pédopsychiatre

SAIS-TU FAIRE L'ÉQUILIBRE SUR LA TABLE DE LA CANTINE ?

Aujourd'hui c'est frites au self...

A Tu en prends en entrée, en en plat principal et en dessert : pour toi, bonheur rime avec pomme de terre !

B Tu en prends une bonne assiette, ça passe plutôt bien après les carottes râpées.

C Tu ne manges que l'entrée et le fruit, les frites c'est lourd et pas bon.

Les légumes, c'est :

A Vachement moins bon que les hamburgers, et de toute façon il y a des cornichons dedans.

B Un peu moins bon que les hamburgers, ça dépend comment ils sont cuisinés.

C C'est quoi, les hamburgers ?

Le meilleur carburant pour un match de foot c'est :

A Œuf mayo, poulet frites, fromage, crème dessert.

B Salade de haricots verts, pâtes au jambon, yaourt, fruit.

C Salade verte, gratin de courgettes, petit-suisse, pomme.

TEST TEST TEST TEST TEST TEST

Menu A : Tu manges beaucoup et gras. Pour éviter les abdos en forme de bourrelets, réduis un peu tes portions de frites, mange plus de légumes et oblige-toi à aller au fast-food en courant pour faire de l'exercice. Au début ça risque d'être assez dur mais après tu te sentiras bien mieux et plus léger.

Menu B : Tu réussis à équilibrer tes repas et à te dépenser suffisamment : continue sur la voie de l'équilibre, c'est génial de pouvoir manger de tout et d'avoir du carburant pour se dépenser physiquement.

Menu C : Apparemment la cuisine de la cantine ne te plaît pas beaucoup. Mais, au moins, tu aimes les légumes. Essaie de compenser à la maison ce qui te manque au self : pourquoi pas des œufs, du poisson et du riz ? Et surtout n'oublie pas de prendre un bon petit déjeuner pour tenir toute la journée.

Les bonnes solutions pour croquer la vie, mais aussi quelques légumes de temps en temps.

La meilleure méthode pour bien manger est de consommer tous les jours des aliments de différentes familles, en les équilibrant à peu près dans les proportions suivantes :

- Les **fruits et légumes** (pas besoin de te faire un dessin) : lâche-toi !
- Les **sucres lents** (pain, céréales, pâtes...) : vas-y, c'est un bon carburant pour l'effort.
- Les **laitages** (fromage, lait...) : en pleine croissance, ils sont importants.
- Les **protéines** (poisson, viande, œuf) : elles sont bonnes pour les muscles, mais n'en abuse pas.
- Les **sucres rapides** (sodas, bonbons) : dur de ne pas se resservir, mais c'est vraiment préférable pour ta santé.
- Les **corps gras** (huile, beurre) : ne transforme pas un poulet à la mayonnaise en mayonnaise au poulet...

Ouf, le hamburger, le Nutella et les sodas font partie de ces familles d'aliments. Seulement, il faut les consommer modérément car ils sont très gras et sucrés.

REMPLIS TON PALAIS DE NOUVELLES RICHESSES

Pour découvrir le vaste monde, commence par te servir de ta langue...

Ta langue est recouverte de très nombreux capteurs qui te permettent de savourer toutes sortes d'aliments. Ces « papilles » savent identifier les 5 grandes sensations de l'alimentation : sucré, salé, acide, amer et... umami. Ce nom, qui veut dire délicieux en japonais, désigne un goût proche de celui du bouillon de poulet. Elles te permettent d'apprécier les innombrables goûts de la création, et sont toujours prêtes à de nouvelles découvertes.

Les bébés commencent par explorer le monde en se servant de leur goût. C'est pour ça que ton petit frère ronge tout ce qu'il trouve sur son chemin, même les croquettes du chien...

En Chine, les scorpions sont dégustés en brochettes grillées. Une recette congolaise commence par « Tremper les chenilles dans un litre d'eau chaude et laisser reposer » : si tu veux vraiment connaître la suite, demande à la mère de Moussa de t'inviter à cuisiner... Ces exemples « d'entomophagie » montrent qu'il n'y a aucun aliment dont le goût est mauvais pour tout le monde.

Sans aller jusqu'à manger des insectes, tu peux au moins élargir ta gamme de goûts et enrichir un peu ton palais : essaie de lui faire découvrir de nouvelles saveurs, ou redécouvir des aliments que tu n'aimais pas avant. Le goût est un simple apprentissage, et en plus il change avec l'âge.

Attention aux régimes ! Ne les bricole pas tout seul dans ton coin. Si tu souhaites maigrir un peu, commence par manger un peu moins gras et sucré. Privilégie aussi l'exercice physique qui « brûle » le carburant que nous consommons en trop.

Les étranges mutations du corps

TOUT SEXPLIQUE ! (CHAPITRE INTERDIT AUX FILLES)

Le sexe est le seul organe qu'on n'ose pas montrer alors qu'il n'a rien à cacher…

Comment c'est fait, À QUOI ça sert ? Le sexe des garçons se compose principalement de deux parties : le pénis et les testicules. Les testicules sont des glandes génitales qui permettent de fabriquer les spermatozoïdes, de minuscules cellules qui servent aux humains à faire des enfants, et donc à se reproduire. Elles sont cachées là, les fameuses petites graines dont tu as sûrement entendu parler.

C'est tout ce que tu voulais savoir ? Non ? Bon, d'accord, cette description n'est pas hyper excitante, mais le plus intéressant reste à lire ! Les testicules sont aussi des zones « érogènes » : elles sont sensibles aux caresses et peuvent procurer des sensations très agréables. Le pénis est lui aussi capable de produire du plaisir. Il a surtout un côté très pratique qui pourra te servir plus tard si tu veux devenir père : il sert de rampe de lancement aux spermatozoïdes, ce qui permet de féconder une femme et de fabriquer…des enfants. Le sexe est donc un outil multifonctions. D'ailleurs, tu l'as déjà remarqué, il permet aussi d'uriner.

Érection, éjaculation : une EXPLOSION de définitions... Ton pénis se pointe en plein cours de maths ou transforme ta couette en chapiteau de cirque le matin ? Il se dresse comme un cobra dès que tu le caresses ? Ca s'appelle avoir une érection ou - dans un langage plus détendu ! - « bander ». Ton sexe se gonfle, par exemple, lorsqu'une image ou une pensée érotique stimule ton imagination : tiens, fais dans ta tête un gros câlin à Bella de *Twilight* pour voir si ça fonctionne... Certaines érections, la nuit par exemple, sont provoquées par une décharge normale de testostérone dans ton sang. Il n'y a aucune honte à avoir une érection, mais par habitude culturelle, on évite de les montrer en public.

Tu te réveilles avec le pyjama trempé la nuit après un rêve érotique ? Pas d'inquiétude, c'est une éjaculation, et ça arrive à des tonnes de garçons. Cette série de contractions du sexe permet d'expulser les spermatozoïdes hors des testicules, dans un liquide un peu zarbi qu'on appelle le sperme. Le volume d'une éjaculation est souvent l'équivalent de celui d'une cuiller à café, mais chacune contient 250 000 spermatozoïdes !

Quand j'ai eu ma première éjaculation, c'était un peu par hasard dans ma douche. J'en avais déjà entendu parler mais j'ai été surpris. Je croyais qu'il y aurait beaucoup plus de liquide que ça !
Florian, 15 ans

Et alors, la masturbation ?

Tiens, hier, je me suis masturbé ! Zoom sur un truc aussi normal qu'aller au ciné, mais dont personne n'ose se vanter…

Se masturber, c'est se caresser les endroits « érogènes » du corps, ceux qui permettent de se donner du plaisir : le sexe, mais aussi d'autres zones qui peuvent être différentes selon les personnes (les fesses ou les oreilles par exemple). La masturbation permet souvent d'atteindre un moment très intense et très agréable, l'orgasme, qui peut s'accompagner d'une éjaculation : on appelle aussi ça « jouir ». Il n'y a vraiment aucune honte à se masturber, les filles le font, les adultes aussi, et même les singes bonobos. Il n'y a d'ailleurs que ces derniers qui ne s'en cachent pas.

Testostérone, mâle aux hormones ! La testostérone produite par les testicules est une hormone qui te permet de passer de l'état d'enfant à celui d'homme. C'est elle qui est responsable de l'apparition de nouveaux poils, de la transformation de ta voix, et de tes érections.

Trucs pratiques et petites techniques...

... à utiliser pour ne pas te taper la méga-honte ou un gros flip pour rien.

La première fois, je me suis masturbé en regardant un bêtisier sexy à la télé. Je crois que j'avais 13 ans. À un moment j'ai eu l'impression que j'allais faire pipi mais en fait, j'ai senti une sorte de grand soulagement.
Simon, 17 ans

- Tu as tagué tes draps en éjaculant pendant la nuit ? Pas de souci, soit tes parents ne s'en apercevront pas, soit ils feront semblant de ne rien voir. Ils savent que c'est normal mais que tu n'as pas envie d'en parler.
- Tu es en érection et tu ne peux plus uriner ? T'inquiète, il suffit d'attendre de « dégonfler » !
- Si tu veux planquer tes érections pour éviter d'avoir à dire que tu transportes une banane dans ta poche, porte des boxers un peu serrés et des pantalon larges mais surtout pas l'inverse !
- Si une érection se pointe sans invitation, par exemple au milieu d'une visite médicale, essaie de te détendre et de respirer profondément pour la chasser, et pense à un truc hyper laid.
- Si tu as l'impression d'être en retard sur tes copains, ne t'inquiète pas, ta puberté peut être plus lente et nécessiter encore quelques années.

Je suis souvent en érection et c'est très gênant quand je suis à la piscine. J'essaye de penser à des trucs tristes pour que ça passe. Des fois ça marche, mais des fois c'est encore pire. Il paraît qu'en grandissant on apprend à mieux se contrôler.
Julian, 14 ans

LES CLÉS DE LA PERSONNALITÉ

PAGE 50
À
PAGE 75

La préadolescence est une période où tu risques de te sentir un peu perdu. C'est normal puisque tu es encore un enfant et, en même temps, tu tentes tes premières expériences dans le monde des grands.
L'univers que tu quittes progressivement, c'est celui des jeux de la cour de récré, des fusées Lego, des dessins animés, blotti dans le canapé, et des vieux doudous déglingués. Le nouveau monde qui t'ouvre ses portes, c'est celui du collège, des réseaux sociaux sur Internet, des discussions entre mecs, des responsabilités et des libertés que tu n'avais pas jusqu'à présent...
Ce n'est pas facile d'être à la fois le « grand des petits » et le « petit des grands ». Comment faire l'équilibriste, avec un pied dans chacun de ces univers... ?
Comme toutes les aventures en terrain inconnu, la préadolescence passe par des moments d'inquiétude et de doute, mais aussi de découvertes et de nouveautés. Petit à petit, tu vas conquérir ta liberté et révéler qui tu es. Ce chapitre va te donner des clés pour ouvrir les portes de ta personnalité.

ES-TU UN CHAMPION DE LA CONFIANCE ?

TEST TEST TEST TEST TEST

Timéo débarque à fond dans la surface, prêt à marquer pleine lucarne, le goal est aux toilettes et tu es le dernier défenseur…

A Tu zappes les règles du foot et tu le plaques façon rugbyman en te disant que l'arbitre ne verra rien.

B Tu tentes un tacle régulier de la dernière chance.

C Tu cours te réfugier aux toilettes avec le gardien de but.

Tu es incapable de répondre au prof qui te demande quand vivaient les Égyptiens…

A Tu changes la question et tu dis : « Je vais plutôt parler du sommeil chez les koalas, c'est mon sujet préféré. »

B Tu te doutes que Cléopâtre, c'est très ancien, et tu réponds « à peu près en même temps que les Romains ».

C Tu flippes tellement que tu gardes le silence jusqu'à ce que tu deviennes pâle comme une momie.

Tu arrives pour la première fois dans une nouvelle école…

A Tu fais le tour de la cour pour te présenter à tout le monde.

C Tu préfères attendre quelques semaines voire quelques mois pour parler à ton voisin de classe.

B À la récré, tu abordes un autre élève qui est nouveau comme toi pour te faire un premier copain.

Un max de A : Décomplexé !
Tu es le champion de la confiance, mais elle t'aveugle un peu. Attention de ne pas tomber dans l'excès, tu pourrais récolter un carton rouge !

Un max de B : Mesuré !
Tu te fais simplement confiance, ni trop, ni trop peu. Continue : la confiance ne s'use que si l'on ne s'en sert pas !

Un max de C : Timide !
Fais-toi un peu plus confiance ! Puisque tu pars de zéro, tu ne peux que progresser ! Essaie d'avoir en tête le verbe « oser » : plus tu oseras, plus tu auras confiance et plus tu réussiras.

J'ME SENS GRAVEMENT NUL, ÇA SE SOIGNE ?

Tu as l'impression d'être la créature la plus ratée de l'univers ? Reviens sur terre !

Il t'arrive de te sentir nul, MOCHE ou maladroit ? Pire, tu as le sentiment de ne pas avoir de personnalité, ou que personne ne fait attention à toi ? Si tu ne te sens pas à la hauteur, c'est simplement que tu es en pleine construction de ta personnalité : elle est en train de s'enrichir par couches successives, au fur et à mesure que tu fais tes propres expériences. Les adultes, qui pourtant ont l'air très sûrs d'eux, se sont posé les mêmes questions quand ils avaient ton âge.

Un COMPORTEMENT peut être nul, par exemple insulter un adversaire au volley. D'ailleurs rien n'empêche de s'excuser. On peut être nul en maths ou en sport, ou même aux deux. Mais on peut s'améliorer. Si une chose est sûre, c'est qu'aucune personne n'est définitivement nulle ! **À suivre, quelques CONSEILS pour avoir une meilleure opinion de toi.**

- Compare-toi à toi-même plutôt qu'aux autres. Plutôt que de te répéter que Lucas est meilleur que toi au basket, compte si tu as marqué plus de paniers que l'an dernier. Fais ce petit exercice pour toutes les activités dans lesquelles tu te sens vraiment nul, tu devrais te sentir rassuré.
- Dévoile tes talents cachés. Malgré tes efforts, tu es toujours le plus grand *loser* de l'histoire du basket ? Emmène les copains sur des terrains où tu te sens plus à l'aise ! Montre-leur ton lancer spécial de *beyblades* ou tes talents de musicien.
- Sois moins exigeant avec toi-même : ne te fixe pas d'objectifs trop élevés, et apprends à te satisfaire de tes progrès, même modestes.
- Prête plus d'attention aux compliments : tu n'as aucune raison de ne pas croire les personnes qui t'en font !
- Fais confiance au temps : en grandissant, ta personnalité va s'affirmer et ta confiance devrait naturellement se renforcer.

Les clés de la personnalité

COUP DE PROJECTEUR SUR LA TIMIDITÉ

Tu as l'impression de perdre tous tes moyens dans certaines situations, par exemple quand tes parents t'obligent à « parler à la dame » ? Voici un plan d'action. Ta timidité va diminuer au fur et à mesure que tu avances en âge. En attendant de te sentir complètement libéré, tu vas apprendre à mieux l'apprivoiser. La blague préférée de la timidité, c'est de te faire rougir jusqu'aux oreilles en public. Elle peut prendre également d'autres visages.

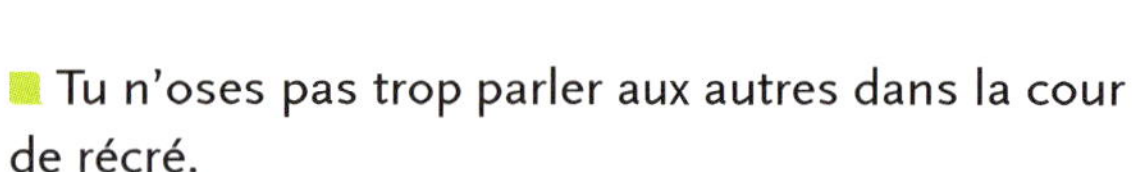

- Tu n'oses pas trop parler aux autres dans la cour de récré.
- Tu bégayes lorsque tu dois t'exprimer devant d'autres personnes.
- Tu te bloques complètement quand quelqu'un te pose une question.
- Quand les autres te regardent, tu aimerais te cacher dans un trou de souris.
- Tu n'oses pas demander l'heure à un inconnu.

Pour te sentir moins coincé, lance-toi des défis et essaie d'aller le plus loin possible. Attention, ils sont classés par difficulté !

Petit conseil : répète chaque défi devant ton miroir avant de passer à l'action, sauf le dernier !

Niveau 1

- Demande l'heure à une personne que tu connais à peine.
- Demande l'heure à une personne que tu ne connais pas du tout.

Niveau 2

- Demande à une personne dans la rue où se trouve la boulangerie la plus proche, puis répète-lui le chemin pour lui montrer que tu l'as bien mémorisé.
- Entre dans un magasin et pose au moins 5 questions à un vendeur.

Niveau 3

- Prends la parole pour exprimer ton désaccord sur un sujet de conversation en groupe dans la cour de récréation.
- Engage la conversation avec une fille à qui tu n'as jamais osé parler.

Niveau 4

- Dis poliment à un adulte dont tu ne partages pas certaines idées que tu n'es pas d'accord avec lui, et explique-lui pourquoi.

Niveau 5

- Improvise un slam devant tes potes dans le bus scolaire ou le car de la piscine.

Alors, combien de DÉFIS as-tu remplis ? En tout cas, tu as constaté que chaque réussite procurait une sensation de fierté. Personne ne t'a mangé, la Terre ne s'est pas arrêtée de tourner ! Même si tu n'es parvenu à en réaliser qu'un seul, tu as déjà progressé. La bonne nouvelle, c'est que tu as plusieurs années pour y parvenir…

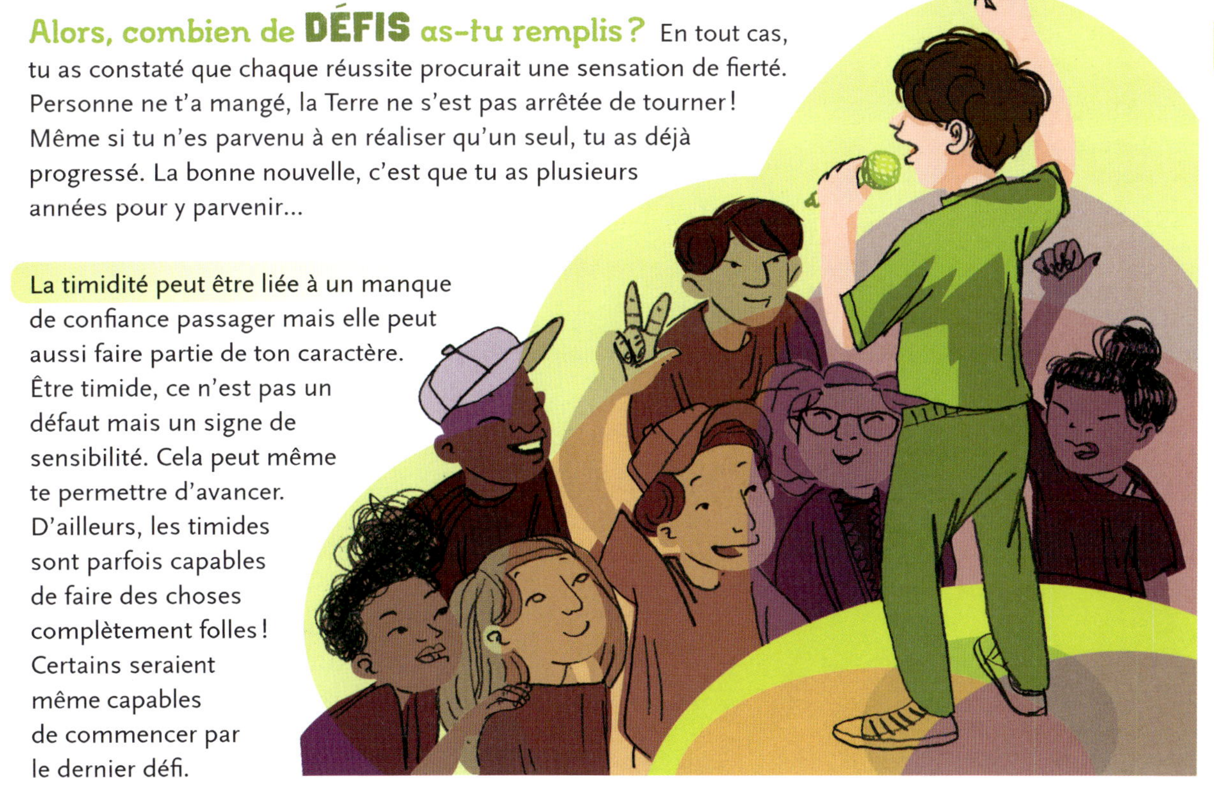

La timidité peut être liée à un manque de confiance passager mais elle peut aussi faire partie de ton caractère. Être timide, ce n'est pas un défaut mais un signe de sensibilité. Cela peut même te permettre d'avancer. D'ailleurs, les timides sont parfois capables de faire des choses complètement folles ! Certains seraient même capables de commencer par le dernier défi.

DES PORTES S'OUVRENT SUR UN NOUVEAU

Voici quelques clés pour t'aider à ouvrir les portes qui s'offriront à toi ces prochaines années.

Porte de la TRANSFORMATION : il y a quelques mois, tu étais un enfant. À présent, tu as parfois l'impression que ton corps n'est plus vraiment le tien. Ce changement est à la fois rapide et très lent. Ta voix mue, tu as des boutons… quand tout cela va-t-il se terminer ? Parfois, tu as vraiment envie de grandir. D'autres fois, tu replongerais volontiers ton nez dans les plis de ton doudou. Ne t'inquiète pas, même si c'est un peu pénible, ton corps et ta personnalité se construisent et finiront par s'affirmer.

Clé : parle de tes problèmes avec tes proches et tes amis. Aide ton corps à se développer en pratiquant un sport régulièrement. Profites-en pour te défouler et te changer les idées.

Porte de la PERSONNALITÉ : tu ressens parfois des tensions avec les autres, et tu te laisses envahir par des émotions comme la colère, le désespoir ou le chagrin. Pour se construire, ta personnalité a besoin de se confronter ! Tu seras sans doute, pendant une période, de moins en moins d'accord avec tes parents ou d'autres adultes. Ces conflits sont fatigants mais ils sont normaux, à condition qu'ils ne soient pas permanents.

Clé : essaie de rester zen, de ne pas trop t'énerver, et surtout de patienter. Avec le temps, c'est toi qui fixeras les règles du « je ».

Porte de la LIBERTÉ : ton rôle dans ta famille et ton entourage va changer. Tu auras bientôt de nouvelles responsabilités : on te confiera les clés de la maison, tu pourras prendre le bus seul... Profite de tes libertés sans trop en abuser.

Clé : avant de tester une nouvelle liberté par toi-même, pose-toi les bonnes questions. Ce changement me met-il en danger ? Comment mes parents réagiront-ils quand ils l'apprendront ? La meilleure solution, c'est souvent de leur expliquer tes intentions et de leur demander la permission. Ils te feront de plus en plus confiance...

Porte de l'AMOUR et de l'AMITIÉ : progressivement, tes liens d'amitié se renforceront. Ils te permettront de grandir en te sentant entouré. La préado, c'est aussi souvent le temps de vivre les passions de l'amour. C'est un sentiment très fort qui ne dévoile jamais tous ses mystères.

Clé : laisse-toi un peu aller, ne cherche pas à contrôler tout le temps tes sentiments.

Porte... un CARTABLE trop lourd ! le collège, c'est un monde plein de rencontres et de nouveautés. Tu as de nombreux profs, ton emploi du temps déborde, ton cartable grossit à vue d'œil. Tu auras besoin de toute ton énergie pour suivre des journées de cours intensives, pour travailler le soir à la maison, pour préparer tes exposés...

Clé : garde tes batteries bien chargées avec un bon sommeil et une alimentation équilibrée.

LE GRAND DES PETITS ET LE PETIT DES GRANDS

Les clés de la personnalité

Devenir préado, c'est perdre un peu de tranquillité pour gagner des libertés. Drôle de période ! Tu n'es pas encore un grand, mais tu n'es plus tout à fait un enfant. Les adultes ont de plus en plus d'exigences vis-à-vis de toi. Pourtant, tu n'es pas vraiment libre de faire tout ce que tu veux.

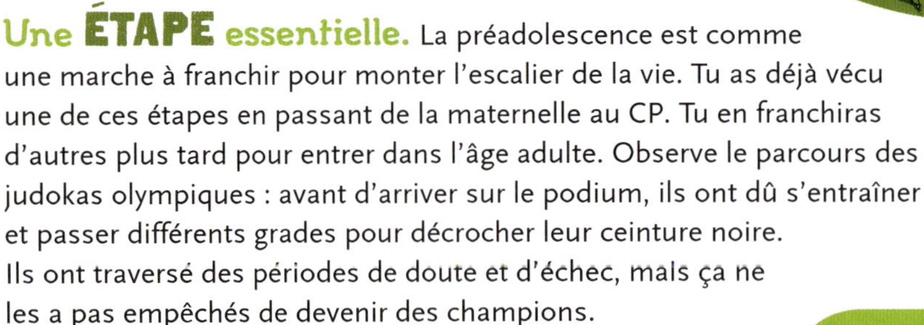

Le GRAND des petits et le PETIT des grands ! D'un côté, tu es devenu un « grand » et tu trouves que ceux qui jouent aux Playmobil sont des bébés. De l'autre, tu es redevenu un « petit » si tu te compares aux ados et aux adultes. Pas facile de trouver une place confortable dans la cour des grands !

Une ÉTAPE essentielle. La préadolescence est comme une marche à franchir pour monter l'escalier de la vie. Tu as déjà vécu une de ces étapes en passant de la maternelle au CP. Tu en franchiras d'autres plus tard pour entrer dans l'âge adulte. Observe le parcours des judokas olympiques : avant d'arriver sur le podium, ils ont dû s'entraîner et passer différents grades pour décrocher leur ceinture noire. Ils ont traversé des périodes de doute et d'échec, mais ça ne les a pas empêchés de devenir des champions.

Gagne tes LIBERTÉS. Montre aux adultes que tu es capable de prendre des responsabilités. Si par exemple tu n'es jamais en retard quand tu rentres seul de l'école, ils te permettront peut-être de faire un petit détour par chez un copain.

> Mes parents me prennent à la fois pour un grand et pour un bébé : depuis le CM2, ils me laissent les clés de la maison, mais ils continuent à m'appeler « mon chéri ! » comme si j'avais 2 ans !
>
> **Maël, 11 ans et demi**

Participe à des **PROJETS COLLECTIFS** !

Ta présence peut être très utile dans des clubs : de théâtre, d'échecs... Les MJC proposent beaucoup d'activités où tu peux t'exprimer. Pourquoi pas un atelier hip-hop pour monter un spectacle de fin d'année ?

Exprime ta CRÉATIVITÉ. Par exemple, lance à l'école une opération « Je vends mes jeux » au profit d'une association des droits de l'enfant. Fais-toi aider d'un adulte pour les aspects pratiques, mais sois le chef de tes propres idées !

C'est au collège qu'on devient grand. J'en ai visité un avec ma classe de CM1. En fait les collégiens ne bougent pas trop dans la cour de récré, alors qu'au primaire tout le monde se mélange pour jouer. On a quand même pu faire un peu de foot avec certains sixièmes, ceux qui étaient dans notre école avant.
Romain, 10 ans

vente au profit de "planète enfants"
DESSINS c'est gagné !

AS-TU UNE BONNE IMAGE DE TOI ?

Le matin, tu croises ton miroir dans la salle de bains. Ton premier réflexe, c'est...

A « Au secours, un iguanodon ! P'pa, y a un dinosaure dans la salle de bains ! »

B « J'ai pas la tête de Brad Pitt, mais c'est sûrement l'effet de la buée sur le miroir. »

C « Tiens, c'est qui ce mec beau et musclé ? Maman, c'est toi qui as collé un poster de mannequin au-dessus du lavabo ? »

On te présente une fille, tu regardes...

A Tes chaussures.

B Ses yeux.

C Ton reflet dans ses lunettes.

Un copain te propose une partie de rugby, tu lui réponds...

A « Je suis trop mauvais en sport, je préfère te retrouver à la troisième mi-temps pour le goûter. »

B « D'accord, je ne suis pas assez costaud pour être pilier mais je veux bien essayer de jouer ailier. »

C « Laisse tomber, je vais être sélectionné pour le tournoi des 6 Nations, je ne joue pas avec des mômes. »

Plus de A : Flop ! Tu n'as pas une très bonne image de toi. Change de regard pour te voir du bon côté. Commence par faire la liste de tes qualités. Plus on aime ce qu'on est, plus on est ce qu'on aime !

Plus de B : Yop ! Tu t'apprécies comme tu es et tu as sûrement compris un truc très important : tu as des défauts, mais ils sont compensés par tes qualités. Chapeau !

Plus de C : Top ! C'est chouette de s'aimer soi-même, mais ne prends pas la grosse tête pour autant. Ne sous-estime pas les autres : ils ont sûrement des qualités que tu n'as pas (la modestie ?).

EXPERT

L'estime qu'on a de soi varie dans le temps. Parfois, dans un moment de déprime, on a tendance à se dévaloriser, à voir tout en négatif, à se renfermer sur soi (souvent derrière un écran). Essaie de positiver, fais des choses que tu aimes en t'appliquant, discute avec tes copains ou des adultes en qui tu as confiance et, tu verras, ils te renverront une bien meilleure image que celle que tu as. La confiance en toi reviendra naturellement ! Si vraiment cela dure trop longtemps, voir un psy peut t'aider à aller mieux.

Damien Aupetit, psychologue

Les clés de la personnalité

AUGMENTE TON POUVOIR DE CONFIANCE

La confiance, c'est une sorte de pouvoir magique que tu peux augmenter... simplement en l'utilisant. C'est le moyen de faire face à la timidité, au stress et à la peur de se tromper. Ce pouvoir est plus ou moins fort selon les gens. À peine sortis de l'enfance, certains gars semblent très à l'aise, surtout dans leurs relations avec les autres. D'autres ont plus de mal. Pour améliorer ta confiance, inspire-toi de tes héros quotidiens !

- Ton oncle est trapéziste et tu l'admires quand il se jette dans le vide ? Demande-lui ce qu'il pense au moment de se lancer.
- Un éducateur que connaît ton frère est très respecté dans le quartier ? Demande à ton frère ce qu'il aime chez ce copain.
- Le but, ce n'est pas d'imiter tout ce qu'ils font. Inspire-toi simplement de certains de leurs comportements. Tu contrôleras peut-être mieux ta peur en pensant à ton tonton du cirque, et tu prépareras sûrement un peu mieux tes interros en travaillant comme Thibault...

Les PIÈGES à éviter

- Tu envies certaines stars, ou des grands sportifs ? Les infos nous font croire qu'ils ont une vie géniale, mais ce n'est pas toujours la réalité. Tu peux aussi t'inspirer d'eux sans faire de « copier-coller » pour exprimer ta vraie personnalité.
- Comme tous les pouvoirs, la confiance peut se retourner contre toi si tu en abuses. Si tu es trop confiant et que tu penses que tu n'as plus rien à apprendre des autres, tu risques de te planter ! Laisse aussi parler ceux qui sont plus timides que toi : ils n'osent pas forcément s'exprimer mais ils ont peut-être aussi des choses intéressantes à dire.

J'ai un manque de confiance en moi mais j'essaye de positiver. Si tu te dis « je suis nul » ou « je suis moche » ça n'ira pas mieux. Je sais que pour le physique, tout le monde y passe ! Pour être mieux, j'ai tenté une nouvelle coupe de cheveux, et c'est vrai que j'ai l'impression de me sentir mieux.
Mehdi, 14 ans

Les clés de la personnalité

REFAIS LE PLEIN D'ÉNERGIE

Tu te sens plus dégonflé et inutile que ton ballon Bob l'Éponge abandonné ? Voici quelques recettes pour refaire le plein d'énergie.

PÉTAGE de plombs ! Libère tes tensions. Marre d'écouter *Gangnam style* ? Fabrique ta propre chorégraphie avec tes potes sur une musique qui dépote. Si tu as une console, certains jeux collectifs permettent de bien se défouler : *let's dance* !

Quand j'ai zéro énergie, j'invite des potes le week-end : ça me remonte le moral de les voir et de faire une bonne partie de *Mario Bros*.
Matthieu, 12 ans

DÉFOULAGE d'images. Tu as un smartphone, une tablette ou un appareil photo ? Photographie-toi sous toutes les coutures avec des têtes pas possibles. Tu peux envoyer tes images à tes copains par texto ou avec des applications comme Snapchat, où elles disparaissent après quelques secondes. Ne les poste pas sur des réseaux sociaux où elles risquent de rester quelques années.

Délires LUDIQUES. Improvise un tournoi d'habileté avec tes copains. Connais-tu le lancer de monnaie ? Un jeu économe qui consiste à jeter des pièces de plus en plus loin dans un verre, en leur faisant faire des rebonds, les yeux bandés, etc. Tente plutôt avec des boulettes de papier dans une corbeille, le bruit est moins pénible pour les parents ! Il y a des vidéos de champions incroyables sur Internet.

Salades de RIGOLADES. Facile, regarde une bonne comédie adaptée à ton âge sur un DVD.

PENALTYS à gogo. Même si tu te sens à plat, sors te défouler : cours, saute, tente quelques *ollies* en skate, roule-toi par terre façon commando. Dégage un ballon de foot en chandelle et reprends-le de volée jusqu'à ce que tu réussisses une *chalaca* ou un contrôle orienté.

À certaines périodes de l'année, surtout à l'arrivée de l'hiver, il est normal de se sentir ramolli. Ce « coup de mou » peut s'expliquer par certaines carences de l'organisme. Si tu te sens fatigué sans arrêt, parles-en à tes parents ou au médecin. Tu manques peut-être un peu de vitamines. Mais le meilleur ami du repos, c'est ton lit !

Quand mon grand-père est décédé je suis allé passer une soirée chez un copain. Ça m'a fait du bien de ne pas rester tout seul avec ma tristesse et de penser un peu à autre chose.

Arthur, 10 ans

AVOIR DES COPAINS PLUS GRANDS

Entre les grands « pratiques » et les grands « toxiques », à toi de faire le bon choix. Avoir des potes plus grands que toi te donne l'impression d'être plus âgé, et donc plus mûr et plus libre. Tu crois que les grands ont des parents qui les laissent sortir quand ils veulent ? Des filles qui tournent sans arrêt autour d'eux, de l'argent pour s'acheter des sandwichs grecs ? Comme certains d'entre eux parlent fort et ont l'air sûrs d'eux, ils donnent l'impression de pouvoir tout faire. Mais ne te fie pas trop aux apparences !

CHOISIS les grands que tu fréquentes.

Les grands « pratiques ».

Le grand avec qui tu es en train de parler est-il seulement content d'aider un plus jeune que lui, et de lui raconter ses aventures ? Te considère-t-il comme une sorte de petit frère ? C'est bon, tu peux continuer à l'écouter. Il aura sûrement quelques trucs à t'apprendre sur les filles... S'il est vraiment chouette, il pourra te conseiller pour tes devoirs.

Les grands « toxiques ». Il arrive qu'un grand ou un groupe de grands ait un plan caché et cherche à t'utiliser. Certains sont prêts à te faire faire des bêtises. Surtout, ne leur réponds pas s'ils te lancent des défis. Ils veulent te faire fumer, boire de l'alcool ? Ils veulent t'utiliser pour différents « services » et te proposent un peu de monnaie ? Trouve une excuse pour les éviter.

Les grands peuvent être écrasants car ils pensent tout savoir sur tout et te laissent peu parler. Il est utile d'en connaître quelques-uns mais il te sera souvent plus facile d'exprimer tes idées avec des copains de ton âge.

FACE À TES AMIS, QUEL EST TON PROFIL ?

Pendant une visite scolaire au zoo, Yanis te propose de taquiner un tigre avec ton hot dog à travers la grille !

A Tu rentres dans la cage avec ta saucisse pour faire joujou avec le fauve et faire plaisir à ton copain.

B Tu finis ton sandwich en disant à Yanis que c'est dangereux, et qu'il est plus raisonnable de donner les miettes aux canards.

C Tu regardes Yanis sans rien dire avec un air réprobateur, comme si c'était un ver de terre.

Les élections approchent et Noah veut absolument devenir délégué de classe à la place de Thibault ; il te propose discrètement 5 euros pour que tu votes pour lui…

A Tu acceptes, et en plus tu donnes les 5 euros à Moussa pour qu'il vote aussi pour Noah.

B Tu acceptes les 5 euros mais tu votes pour Thibault.

C Tu dénonces la triche devant toute la classe pour faire punir Noah.

Tu es assis à côté de Lilou, qui te fait les yeux doux pour copier les réponses du contrôle de maths…

A Tu prends discrètement sa copie pour faire les exercices à sa place.

B Comme elle est quand même super mignonne, tu la laisses regarder ton devoir en faisant semblant de n'avoir rien vu.

C Tu écris super petit, tu mets ton cartable entre elle et toi, et tu lui tournes le dos pour qu'elle ne puisse pas copier.

TEST TEST TEST TEST TEST TEST

Plus de A : Influençable. D'accord, c'est utile d'obéir aux copains pour se faire accepter. Le problème, c'est qu'ils n'ont pas toujours de bonnes idées. Sers-toi de ta personnalité : dire « non », ce n'est pas passer pour un bouffon !

Plus de B : Raisonnable. Tu dis « oui » aux autres seulement quand ils ne te mettent pas en danger. Tu as raison, comme ça, c'est plus facile de refuser quand ils se mettent à mal délirer.

Plus de C : Incorruptible. Personne ne peut te commander ni t'influencer : tu es le seul à décider. C'est utile d'avoir une forte personnalité, à condition de ne pas trop t'isoler !

Les clés de la personnalité

SECTES : NE LES LAISSE PAS TE PRENDRE LA TÊTE

Pourquoi sommes-nous sur Terre ? À quoi ça sert de vivre si on meurt un jour ? En grandissant, tu trouveras tes propres explications à ces questions sérieuses, mais ne laisse pas les sectes répondre à ta place.

Les sectes sont des organisations DANGEREUSES

Elles vendent une sorte de drogue de l'esprit. Leur objectif est de rendre les gens fragiles et dépendants, en leur faisant croire qu'ils ont trouvé des réponses à leurs questions sur le sens de leur vie. Les sectes cherchent ainsi à prendre le contrôle sur l'esprit de leurs « adeptes », mais aussi sur leur porte-monnaie !

Les SECTES sont des prisons

Au bout d'un certain temps, les membres des sectes ne sont plus libres de leurs mouvements. Par exemple ils n'ont plus le droit de voir leur famille. Certaines sectes ont des pratiques qui abîment le corps, par exemple des régimes alimentaires très durs. D'autres se cachent derrière des cours de religion, des sites Internet sur les extraterrestres, etc.

Les sectes et les ADOS

Les sectes savent que les préados sont en pleine construction de leur personnalité. Elles cherchent à les convaincre en profitant de leurs incertitudes et de leur fragilité. Elles ont souvent des discours rassurants et des réponses « toutes faites » sur la vie. Progressivement, elles cherchent à orienter leur personnalité, le choix de leur religion, leurs idées… Attention, tu es plus vulnérable au discours des sectes pendant certains moments difficiles de ta vie, si, par exemple, tes parents viennent de divorcer. Si tu te passionnes pour la magie noire, le spiritisme ou le satanisme, reste vigilant : les sectes ne sont jamais très loin !

Les sectes ont souvent des noms un peu magiques ou des logos bizarres, qui peuvent ressembler à des signes religieux. Cela fait partie des indices qui permettent de les reconnaître.

COMMENT les reconnaître ?

Le but n'est pas de se méfier de tout le monde, mais d'être vigilant sur ce qu'on peut te proposer... Aucun adepte ne t'avouera qu'il est membre d'une secte. Pourtant certains membres sont des « recruteurs » qui cherchent progressivement à convaincre d'autres personnes d'entrer dans leur organisation. Voici quelques indices pour les reconnaître, qui doivent éveiller ton attention :

- Un adulte ou un garçon plus âgé que toi, que tu ne connais pas depuis très longtemps, essaie de te plaire par son discours.
- Il cherche petit à petit à te convaincre de penser comme lui.
- Il te propose de rompre avec ton « ancienne vie ».
- Il te présente une sorte de nouvelle famille, en t'assurant que tu y trouveras les réponses à tes questions.
- Ces nouveaux « amis » se prétendent supérieurs au reste du monde, et se réunissent généralement dans un certain secret ou avec des rituels particuliers.

Si tu as le moindre doute, n'attends pas que ton cerveau devienne une éponge et qu'il perde toutes ses défenses. Parles-en à un adulte de confiance.

L'ORGANISATION d'une secte

Elle comporte, au sommet, un « gourou » qui concentre tous les pouvoirs. On l'appelle parfois « maître », « guide », « révérend », « commandant »... Autour de lui, ses disciples pensent qu'il possède une connaissance absolue du monde et qu'il sait répondre à toutes leurs questions. En fait, ils sont devenus prisonniers de la secte et finissent par exécuter les volontés du chef.

PRÊT, PARTEZ, À VOS MARQUES !

Tu passes avec tes parents devant une boutique qui vend LE dernier T-shirt à la mode…

A Tu ne remarques rien et tu continues ton chemin.

B Tu rappelles à tes parents que ton anniversaire n'est pas loin et que, finalement, les chaussures que tu leur as demandées coûtent le même prix qu'un simple T-shirt griffé.

C Tu entames une grève de la faim pour que ta mère te l'achète, en hurlant que 70 euros, c'est à peine plus que le prix d'une baguette.

Tu débarques dans la cour de récré avec tes fringues préférées…

A Tu es habillé avec un pull bien chaud, mais sans logo.

B Ton sweat *no name* vient du placard de ton grand frère, mais tu fais péter les nouvelles *shoes* d'enfer que tes parents viennent de t'offrir pour ton anniversaire.

C Tu es habillé en marques de la tête aux pieds et tu frimes avec ton nouveau tee-shirt super looké : pas grave s'il fait - 10 °C !

Téva se pointe avec un sac à main de marque différent chaque jour de l'année…

A Téva, c'est qui ? Depuis la rentrée, tu ne l'as même pas captée…

B Même si son nouveau sac ressemble à une marmotte empaillée, tu trouves ta copine plutôt belle comme elle est.

C Tu rêves d'avoir une mère aussi géniale et belle que celle de Téva, d'ailleurs, c'est sûrement un top model.

TEST TEST TEST TEST

Plus de A : Démarqué !
Pour toi, les habits, ça sert à s'habiller. Les marques, c'est juste des étiquettes vachement chères pour ce que c'est. C'est vrai, tu risques de te faire critiquer, mais au moins tu peux te féliciter : tu n'as pas besoin des marques pour exister.

Plus de B : Pragmatique !
Tu utilises les marques si elles peuvent t'apporter une petite touche d'originalité, ou si c'est des habits solides qui peuvent durer. L'avantage, c'est que ça ne coûte pas trop cher et que ta tenue reste personnalisée !

Plus de C : Ultra looké ! Tu es un vrai *fashion victim*. Attention quand même si tu aimes te faire remarquer : ceux qui portent trop de marques finissent par tous se ressembler. Essaye un peu de te « démarquer » !

Mon style, c'est la couleur. J'adore le rose mais comme j'ai les cheveux longs, il arrive qu'on me prenne pour une fille. Dans ce cas je montre très vite que je suis un garçon : il me suffit de parler d'une voix grave.
Paul, 13 ans

Les marques, ça permet de savoir comment pensent les autres à travers leur style. Mais ça ne veut pas dire qu'ils sont stylés…
Flavien, 15 ans

LE FRINGUE POWER !

Les clés de la personnalité

7 préados sur 10 ont envie d'être à la mode, et tu en fais sûrement partie. Ne laisse quand même pas trop les étiquettes te tourner la tête.

Les 4 pouvoirs des habits

Les vêtements existent depuis la Préhistoire où, déjà, ils avaient les mêmes pouvoirs que dans la cour de récré.

- **Pouvoir de protection :** se protéger des agressions du climat, du froid et du soleil, des piqûres d'insectes...
- **Pouvoir de dissimulation :** préserver sa pudeur en cachant certaines zones du corps, les organes sexuels en particulier.
- **Pouvoir de séduction :** mettre en valeur son corps ou exprimer sa personnalité, par exemple avec un tee-shirt moulant.
- **Pouvoir d'imitation :** appartenir à un groupe, par exemple les plumes sur la tête des Indiens, ou une marque en forme de plume sur tes baskets.

Chaque fois que tu choisis un habit, il remplit une ou plusieurs de ces fonctions.

RÉÉQUILIBRE les pouvoirs

Les indiens Alakalufs, qui habitaient en Patagonie, vivaient presque nus par des températures glaciales. Ils n'avaient souvent pour vêtement que... de la graisse de phoque isolante du froid. Ils se préoccupaient donc surtout du **pouvoir de protection** de leurs habits. Dans la cour de récré, on se sert souvent du **pouvoir d'imitation** : porter un tee-shirt d'une marque trop cool en plein hiver peut te donner le sentiment d'être comme par les autres, même s'il est 1 000 fois moins chaud que le pull tricoté par Mémé pour Noël.

Les habits ne cachent pas tout : ce n'est pas parce qu'un adulte s'habille comme un ado qu'il rajeunit de 30 ans d'un coup ! **Mais ils ne disent pas tout non plus :** ce n'est pas parce qu'un copain a des pompes à 100 euros que ses parents sont très riches...

LE FRINGUE POWER !

Le problème avec les fringues de marque, c'est qu'elles coûtent hyper cher et que les modèles se démodent vite. D'ailleurs, tes baskets *fashion* il y a 3 ans ne le sont plus du tout. Ça tombe bien, tes pieds ont pris trois tailles... En plus, marque et prix élevés ne riment pas toujours avec bonne qualité.

Si tu cours tout le temps après la mode, tes parents seront ruinés bien avant que tu l'aies rattrapée ! Essaie plutôt de jouer avec elle et bricole les codes pour te créer ta propre tenue.

Conclusion : Quand tu choisis ta tenue dans un magasin ou le matin dans ton placard, tente de faire l'équilibre entre les 4 pouvoirs : protection, dissimulation, séduction et imitation. C'est la meilleure façon de te faire accepter des autres en préservant ton propre style, ta personnalité et le compte en banque de tes parents !

CRÉE TON STYLE

Les clés de la personnalité

Comme les musiciens qui ont créé leur propre style et avant d'être imités par toute la planète, à toi de jouer ta partition perso ! Les habits, et le look en général, sont une manière d'exprimer sa personnalité. Même s'il existe certaines tendances, tu peux te concocter une tenue qui te ressemble en piochant dans les ingrédients suivants :

- Une noix de gel sur la tête.
- Des lunettes qui se la pètent.
- Quelques tatouages ethniques chic (effaçables, bien sûr, pour ne jamais être démodé !).
- Des lacets de couleur fun.
- Des accessoires genre casquette.
- Un zeste de marque.

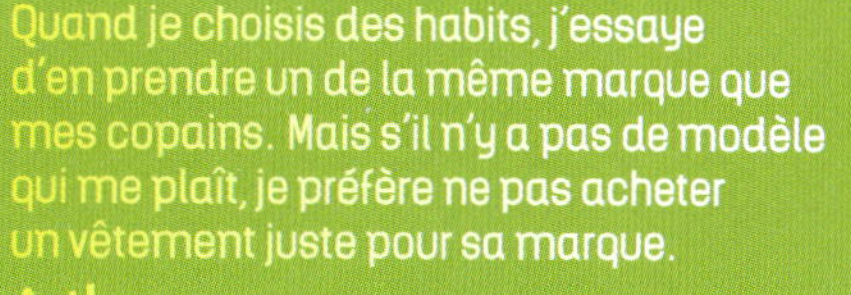

Quand je choisis des habits, j'essaye d'en prendre un de la même marque que mes copains. Mais s'il n'y a pas de modèle qui me plaît, je préfère ne pas acheter un vêtement juste pour sa marque.
Arthur, 10 ans

Ton LOOK

Si tes parents voient que tu composes **ta tenue** tout seul sans trop plomber leur porte-monnaie, ils t'offriront peut-être quelques fringues de marque de temps en temps sans trop grogner. Dis-toi aussi qu'être *no logo* (porter des habits sans aucune marque ni étiquette) c'est aussi un vrai style !

Le look ne s'arrête pas à ces accessoires. Tu peux travailler un peu ta **démarche**, ta manière de **parler**, ciseler ton **humour** ou apprendre par cœur quelques **citations** de films ou de BD que les autres connaissent aussi et apprécient.

Si tu es bien informé et que tu te sens **citoyen du monde**, tu peux dire à ceux qui ne jurent que par les marques que certaines se comportent mal en exploitant des gens dans les pays pauvres pour fabriquer nos habits.

Tu crois qu'il est impossible de te passer des marques ? En général, ce sentiment change en grandissant. Vers l'âge de 15 ans, beaucoup d'ados commencent à vouloir devenir indépendants. Plutôt que de dépenser leur argent en marques, ils préfèrent mettre de côté leurs euros pour passer leur permis de conduire...

> J'adore les Requin® mais les derniers modèles ne sont vraiment pas terribles. Finalement j'ai gardé mes anciennes baskets et avec mon argent de poche, je me suis racheté un ballon de foot pro.
> **Ugo, 12 ans**

Les clés de la personnalité

Appartiens-tu à une tribu ?

Si tes habits et tes goûts musicaux obéissent à des codes très précis, tu reconnaîtras peut-être ton clan et celui de tes amis.

« NORMAL, MAIS PAS BANAL » : c'est la tribu de tous ceux qui n'ont pas l'air de sortir d'une publicité. Ils sont nombreux ! Ils ne portent pas de vêtements de marque de la tête au pied, et en général ils n'écoutent pas la même musique en boucle toute la journée.

« SHOW-OFF » : chaînes de pacotille / ta tête est remplie de filles / toujours en quête de style / tu kiffes tout ce qui brille et qui claque / casquette gangsta racaille / fringues jogging ou bling-bling / toi c'est le look qui clinque / le style de keum qui rappe / du A d'Akhenaton au Z de Jay-Z.

« ROMANTIQUE » : tu écoutes Tal & M. Pokora, leur voix te fait pleurer ? Porte-bonheur, gri-gri, tout cela n'est pas réservé aux filles. D'accord, ce n'est pas forcément facile d'exprimer ses émotions dans une cour de récré sans se faire moquer. Cultive ton jardin secret et partage tes sentiments avec tes amis proches ! Tu as tout à fait le droit d'être un garçon sensible !

« ANTICONFORMISTE » : la fringue, c'est que du tissu avec de la pub. Autant porter du *no logo* et penser à la planète plutôt qu'à la dernière chaussette à la mode, quitte à risquer la prise de tête avec tes potes. Tu recycles à la gratte le vieux Kurt Cobain, mais les BB Brunes aussi t'éclatent. La musique, ce n'est pas juste une affaire de marque.

« VICTIME DE LA MODE » : tes *must have* s'appellent fringues de marque. Tu ne peux pas te passer du tee-shirt siglé B&D à 80 euros. Ta *mother*, c'est plutôt 8 tee-shirts à 10 euros qu'elle aurait préférés. Elle trouve que tu lui coûtes cher mais y a rien à faire : elle n'y comprend rien, la mode, ce n'est pas son affaire. Dis-donc, il n'est pas un peu *has been*, le MP3 de Beyoncé dans ton casque Beats à 500 boules ?

« GOTHIQUE » : la vie est une sorte de voyage en enfer. Le noir c'est ta couleur, parce que le gris c'est beaucoup trop gai. Tes journées sont des nuits passées à écouter Tokio Hotel ou Nightwish. Allez, ne sois pas trop dark, le monde est plein de gens à fleur de peau comme toi, sauf qu'ils ne le montrent pas.

Tu ne te reconnais pas ? Essaye encore dans la liste suivante : rock, emo, grunge, néopunk, électro, rasta, skateur.

DRAGON OU TATOU : QUEL EST TON CARACTÈRE ?

Ton petit frère entre dans ta chambre sans prévenir, et tu n'as pas du tout envie de le voir...

A Tu le laisses monter sur ton bureau et illustrer ton devoir de français avec des Barbapapa.

B Tu l'attrapes par l'oreille et tu l'expulses en hurlant que ta chambre est une propriété privée.

C Tu lui expliques que tu n'as ni le temps ni l'envie de jouer avec lui, mais tu lui prêtes ton vieux Pikachu en mousse.

Ton père refuse que tu sortes faire une session de skate avec tes copains...

A Tu ranges ta planche sous l'escalier en serrant les dents, et tu retournes dans ta chambre pour pleurer.

B Tu cries à tes parents qu'ils sont des arriérés, tu claques un kickflip dans le couloir et tu disparais en rockslide sur la rampe d'escalier.

C Tu négocies et tu proposes de lui réciter ta poésie avant d'aller skater.

Ton pote Thao se pointe main dans la main avec ta copine Téva...

A Tu les prends en photo pour leur faire plaisir même si tu es dégoûté, mais à partir de demain tu ne leur parleras plus jamais.

C Tu ravales ta colère et tu attends de les voir chacun en tête à tête pour leur demander des explications.

B Hier tu voyais rose, aujourd'hui tu vois rouge ! Grrrr, ça va chauffer.

TEST TEST TEST TEST TEST TEST

Un max de A : Tatou ! Comme cet animal qui se roule dans sa carapace en cas de danger, tu fais souvent le dos rond plutôt que de laisser sortir tes émotions. C'est parfois utile de se contrôler, mais lâche-les de temps en temps ! Ça soulage de s'exprimer. Même quand on est grand, on a le droit de pleurer et de crier.

Un max de B : Dragon ! Tu es plutôt du genre à t'enflammer. C'est chouette d'avoir du tempérament, mais anticipe les éruptions pour ne pas mettre le feu à toute la maison ! La colère, c'est utile quand on s'en sert avec modération.

Un max de C : Renard ! Tu as compris qu'en négociant et en montant le ton une fois de temps en temps, tu étais plus écouté que si tu t'énervais sans arrêt.

JE SUIS NRV !!!

Les clés de la personnalité

La colère, c'est comme une montée de température quand tu es malade. À l'âge où ta personnalité se construit, il est normal que tu te sentes incompris et que tu te mettes en colère. D'ailleurs, tu as parfois raison ! Pour calmer le jeu, essaye d'exprimer ce que tu as à dire autrement qu'en t'énervant. Et si tu t'énerves, tente de ne pas transformer ta colère en violence.

DÉBRANCHE avant de péter les plombs ! Tu es en train de discuter avec tes parents et la tension monte ? Tu sens que tu vas perdre le contrôle ? Lâche l'affaire, dis-leur que tu préfères partir plutôt que de piquer une colère. Cette discussion peut attendre un peu, de toute façon, elle se serait mal terminée.

Essaie de parler CALMEMENT, empêche la fièvre de grimper ! Souvent, s'exprimer d'une voix assez calme oblige l'autre à baisser aussi le ton. S'il ne le fait pas, fais-lui remarquer que tu ne t'énerves pas et invite-le à en faire autant.

DÉPENSE ton énergie : as-tu remarqué que tu te mettais moins en colère quand tu avais fait du sport, ou une bonne virée en rollers ? Alors n'attends pas que le stress déborde, défoule-toi dehors ou sur ta guitare plutôt que sur ta sœur !

Évite les PIÈGES ! Certaines personnes cherchent à te mettre en colère exprès, en te disant que tu es énervé alors que tu ne l'es pas ! Reste très calme et fais comme si tu n'avais rien entendu : tu auras déjoué leur plan rouge...

EXPERT

Tu es à un âge où tu essaies de t'affirmer. Parfois, on a du mal à contenir les sentiments qu'on a, qu'on ramène de l'école à la maison, ou ceux liés aux désaccords dans la famille. Quand ça sort, ça peut être explosif avec eux. Essaie de ressentir, de comprendre ce qui se passe en toi, si cette colère leur est vraiment destinée. Le mieux, c'est de pouvoir expliquer avec des mots ce qui se passe dans ta tête, avant que cela ne monte. Si ce n'est pas possible à ce moment, il vaut mieux attendre la fin de l'orage dans sa chambre ou en se défoulant, en faisant un tour dehors, pour se calmer. Après, tu peux en reparler plus tranquillement.

Damien Aupetit, psychologue

JE SUIS NRV !!!

On s'énerve, mais on reste poli ! Au Japon, des magasins vendent des vases spéciaux pour crier sa colère sans faire trop de bruit....

Garde-la comme arme SECRÈTE. La colère ne s'use que si tu abuses. Si tu te mets rarement en colère, tu seras plus écouté le jour où tu élèveras la voix.

Si ta COLÈRE ne passe pas après une discussion, écris-la sur un morceau de papier et jette-la le plus loin possible. Tu peux aussi profiter de l'absence des voisins pour crier tout ce qui te passe par la tête. Cela permet parfois de se soulager.

PRÉVIENS ! Affiche un drapeau pirate à la porte de ta chambre pour alerter les autres de ne pas naviguer trop près de tes territoires !

Conclusion : Si tu es très colérique, essaye un cours de judo ou de karaté. Tu apprendras à mieux contrôler tes émotions, et tu auras même le droit de crier.

Si tu te sens mieux après ta colère, c'est qu'elle avait une bonne raison de sortir. Si tu te sens encore plus mal et blessé, la prochaine fois, essaie de ré-exprimer ton idée sans trop t'énerver.

Les émotions, à quoi ça sert ?

Tu as déjà eu les larmes aux yeux en regardant un film ? Tu as hurlé de joie après avoir gagné un tournoi interclasses avec ton équipe ? Tu t'es senti tout bizarre après avoir embrassé une fille ?

Du GOÛT à la vie

Certaines émotions sont agréables, d'autres non, mais toutes provoquent des sensations étonnantes : le visage qui rougit, le cœur qui accélère, la transpiration qui devient plus abondante... Même si certaines te paraissent pénibles, tes émotions sont très utiles.

- Comme les films en 3D, elles donnent du relief aux moments que tu vis. Elles permettent de graver les souvenirs dans ta mémoire.
- Elles adaptent ton corps aux situations que tu rencontres : la peur, par exemple, te prépare à éviter un danger.
- Elles servent de messages : la colère montre aux autres que tes limites sont dépassées.

VIS tes émotions !

Ne cherche pas sans arrêt à les contrôler et à les cacher. Si la nature a créé le rire et les larmes, c'est bien pour s'en servir. L'essentiel, c'est qu'elles ne t'empêchent pas d'agir. Se mettre systématiquement en rage permet rarement d'obtenir satisfaction. Être paralysé par la peur n'aide pas à fuir une situation de danger. En grandissant, tu apprendras à ressentir et à exprimer tes émotions sans les laisser te déborder. Si la tristesse, la colère ou la peur te font vraiment souffrir, parles-en à des amis ou à des adultes qui sauront te conseiller. Parler et partager, c'est un bon moyen de vivre tes émotions à 100 % sans les laisser te gâcher l'existence !

Souvent les centenaires se rappellent de ce qu'ils ont ressenti le jour de leur premier baiser... Certains sont capables de revivre cette émotion si bien gravée dans leur mémoire !

LES TRÉSORS DE L'AMITIÉ

PAGE 78
À
PAGE 95

Depuis que tu es petit garçon, tu as des copains dans la cour de récré, dans ton immeuble ou dans ton quartier. Les copains c'est super ! Le jour de ton anniversaire pour dévorer des cookies, vivre des aventures de chevaliers ou faire des concours de loopings sur ton circuit de voitures… cela permet de s'amuser et de ne jamais s'ennuyer.
En grandissant, tu vas découvrir que certains d'entre eux sont capables de partager des choses encore plus importantes que tes jeux : tes joies, tes questions sur la vie et sur l'amour, tes difficultés et surtout… tes secrets. Si tu as déjà un ou deux potes avec lesquels tu parles de ces sujets, tu as commencé à découvrir les trésors de l'amitié.
En général, les vrais amis sur lesquels tu peux toujours compter sont rares. Ils se comptent sur les doigts d'une main, mais certains amis d'aujourd'hui le resteront peut-être… toute la vie !

AMI, ÇA RIME AVEC...

Vois-tu tes amis comme des sujets sur lesquels tu aimes régner ? Comme des chefs que tu dois respecter ? Ou penses-tu plutôt que l'amitié rime surtout avec « moitié-moitié » ?

Pour toi un ami c'est plutôt...

A Une sorte de frère à qui tu peux dire que tu es amoureux d'une fille sans qu'il fasse de la pub en classe pour le couple le plus inattendu de l'année.

B Un super héros que tu admires quand il casse les lunettes de ceux qui le regardent de travers.

C Un esclave à qui tu confies ton exposé d'histoire sur le commerce triangulaire*.

Tu es au self avec ton meilleur ami, tu es encore affamé mais ton plateau est aussi vide que le désert du Sahara...

A Tu lui demandes s'il veut bien te dépanner avec son yaourt, des fois qu'il ait perdu l'appétit.

B Tu te consoles en regardant ton super pote engloutir vos deux compotes.

C Tu manges sa crème dessert sans lui demander, elle a un super goût d'amitié !

C'est le tournoi de fin d'année, mais ton meilleur ami joue au handball comme un pied.

A Tu lui proposes d'être gardien de ton équipe, au moins il aura le droit d'utiliser ses panards (il chausse du 45).

C Tu lui proposes d'être gardien du banc des remplaçants dans ton équipe.

B Tu t'inscris dans l'équipe adverse et tu t'arranges pour faire gagner l'équipe de ton ami (il ne supporte pas de perdre !).

*En plus ce n'est pas très malin : le commerce triangulaire était un ignoble négoce par lequel les Européens – du XVIe au XVIIIe siècle – s'enrichissaient en vendant des esclaves africains en Amérique du Nord.

TEST TEST TEST TEST TEST

Plus de A : Ami = « alter ego » (cette expression signifie « autre moi-même »). Tu as compris que pour écrire les plus belles pages de l'amitié, il fallait conjuguer autant le verbe « donner » que le verbe « recevoir ». Bien joué !

Plus de B : Ami = chef. Attention, l'amitié ne reste pas longtemps copine avec l'inégalité. Si tu es obligé de céder aux caprices des autres pour qu'ils soient tes potes, c'est peut-être qu'ils te considèrent plus comme leur « larbin » que comme un vrai ami. Un conseil, cherche d'autres copains avec lesquels tu te sens vraiment à égalité.

Plus de C : Ami = esclave. C'est sympa d'avoir des amis qui sont prêts à tout pour toi, mais ça leur ferait sûrement plaisir que tu joues un peu moins perso. Prouve-leur que tu sais partager et que tu n'es pas juste un profiteur. L'amitié et l'esclavage ne font jamais bon ménage.

Les trésors de l'amitié

LA FORMULE SECRÈTE DE L'AMITIÉ

L'amitié est une sorte de potion alchimique dont voici quelques ingrédients ! Les autres sont inconnus, à toi de les inventer...

Partage : partager, c'est profiter deux fois plus ! Donne un morceau de goûter à William, il sera tellement content que ta moitié de barre chocolatée sera deux fois meilleure. Tu peux aussi partager d'autres choses que des cookies. Si Yanis sèche sur ses devoirs, arrose-le de tes conseils...

Indépendance : inutile de t'habiller exactement comme Thao pour ressembler à tout prix à ton meilleur ami. Tu risques de l'énerver si tu n'arrêtes pas de le copier. Essaye plutôt d'affirmer ton originalité et ta personnalité, c'est sûrement ce que tes amis apprécient chez toi.

Pardon : Moussa a rencontré Zoé le mois dernier. Depuis, il traîne avec un nouveau groupe de potes. Tu as l'impression de ne plus le reconnaître, il ne t'adresse plus vraiment la parole. S'il revient te voir dans une semaine parce qu'il a envie de te reparler, essaie de lui pardonner de t'avoir zappé. Votre amitié sera encore plus forte qu'avant ! Et tu seras peut-être le seul à pouvoir le consoler si un jour Zoé change d'amoureux...

Fidélité : tu es tombé amoureux d'une fille qui t'a présenté son groupe de copains ? Ne laisse pas tomber ton meilleur ami comme une vieille chaussette ! Présente-lui ta chérie et sa bande. Et si ta nouvelle conquête te laisse tomber, tu pourras te confier à ton vieux pote qui sera resté fidèle au poste.

Écoute : être amis, ce n'est pas se faire mousser ! C'est plutôt savoir écouter.

Les trésors de l'amitié

AMITIÉ = RESPECT

Tu peux tout faire **échouer** si :

- tu utilises tes amis seulement pour te mettre en valeur ;
- tu trahis leur confiance en ne tenant pas tes promesses ;
- tu révèles leurs secrets ;
- tu te moques d'eux dès qu'ils ont le dos tourné ;
- tu leur racontes trop de mensonges…

Mon plus beau souvenir d'amitié, c'est quand j'ai retrouvé par hasard un copain sur la plage de Capbreton, à 300 kilomètres de chez moi ! On a pu jouer dans les vagues et on s'est vraiment amusés.
Marin, 10 ans

Laisse agir la magie, l'amitié n'est pas une simple recette de cuisine. Elle est parfois encore plus mystérieuse et intéressante quand tes potes ont une vie très différente de la tienne, si par exemple leur famille vient d'un autre pays.

Je ne sais pas trop pourquoi, mais « ami », c'est plus que « copain » !
Romain, 10 ans

Mon meilleur souvenir d'amitié, c'est quand j'ai eu une coupure sur la langue qui m'a empêché de parler pendant quelque temps. Je ne pouvais pas discuter avec mon pote, mais ça nous a fait beaucoup rigoler (surtout lui !)
Arthur, 10 ans

EXPERT

L'amitié, c'est essentiel puisque ce sont les premiers liens que tu vas nouer en dehors de ta famille. C'est en agrandissant ce cercle de personnes proches que tu vas gagner en autonomie sans te sentir seul, et devenir ce que tu seras plus tard. L'amitié, ça sert à partager : partager son univers, ce qu'on aime, ce qu'on a en commun, mais aussi découvrir et faire découvrir à l'autre ces différences. Ainsi, on en ressort plus riche, avec un vrai plaisir de cet échange. Et en plus, on se sent plus fort !
Damien Aupetit, psychologue

Les trésors de l'amitié

À LA PÊCHE AUX POTES

Tu ne sais pas comment commencer ta collec' de potes ? Pour débusquer l'amitié, utilise les méthodes des Apaches ! Tu arrives dans une nouvelle école ? Tu as déménagé ? Tu risques de te retrouver un peu seul au début. Rassure-toi, la mission « nouveaux copains » est vraiment à ta portée.

L'amitié entre le chef indien Cochise et un « blanc » nommé Thomas Jeffords a permis de calmer pendant quelques années les guerres apaches, qui faisaient rage au XIXe siècle en Amérique du Nord. L'histoire raconte que Cochise brisa une flèche en symbole de paix. Cet épisode est raconté dans le roman *La Flèche brisée* d'Elliott Arnold, qui a été adapté au cinéma et fait aujourd'hui partie des grands classiques du genre western.

REPÈRE-les !

Souvent, à la rentrée, d'autres garçons ou filles se trouvent aussi un peu seuls. Ils sont en général assez faciles à repérer. Dis-toi qu'ils sont exactement dans la même situation que toi : ils n'ont pas vraiment de copain, et ils ont très envie que quelqu'un vienne leur parler.

À LA PÊCHE AUX POTES

Lance l'**APPÂT** !

Il suffit de faire le premier pas. Il te faut juste une mini-dose de courage pour vaincre ta timidité. Prends ta respiration et prononce LA petite phrase qui va servir d'hameçon :

- « Tu es nouveau ? »
- « Tu habites le quartier ? »
- « T'es en quelle classe ? »

Incroyable, comme trois mots même maladroits permettent d'amorcer une petite conversation avec d'autres garçons. À la prochaine récré, ou quand tu les croiseras dans ton quartier, il sera plus facile de leur reparler.

Quelques idées de **PIÈGES** à potes !

Pour les attirer, il suffit de trouver un max d'occasions pour faire connaître tes goûts aux autres. Trouve la meilleure façon de faire ta pub ! Tu es fan de *Legend of Zelda* ? Colle un autocollant sur ton cartable ou balade-toi avec un porte-clés Link en perles Hama. Tu es accro aux mangas shõnen ? Pose-toi sur les escaliers de la cour avec le dernier *Naruto* à la main. Si tu es vraiment en panne d'idées, dégaine ton maillot de foot favori. Tu ne devrais pas tarder à attirer quelques supporters de ton équipe préférée.

Tu peux aussi faire l'inverse et t'approcher d'un garçon qui a un look plutôt rock pour lui parler de guitare et lui demander s'il en joue.

MON MEILLEUR POTE EST... UNE FILLE !

En amitié comme ailleurs, il ne faut pas trop se fier aux apparences. Vive la différence! Par exemple, on peut être ami avec un plus petit ou un plus grand, avec quelqu'un dont la famille a une culture différente. Il est aussi possible que le meilleur ami d'un garçon soit... une fille. C'est assez rare, mais en amitié, tout peut arriver.

J'ai rencontré une amie... chez ma nounou ! On avait 1 ou 2 ans. Maintenant elle est en 5e et moi en 6e, et on est toujours potes.
Matthieu, 12 ans

RÉFLÉCHIS !

Plutôt que de ranger les filles dans une seule catégorie, « des créatures incompréhensibles qui préfèrent se maquiller et rigoler bêtement quand les garçons jouent au foot », fais marcher ta logique. Leila est ceinture bleue de karaté. En plus, elle est trop forte en maths, et elle a toujours une solution ingénieuse pour régler les problèmes des autres. N'a-t-elle pas autant de qualités pour devenir ton amie que Timéo, qui est déjà pote avec au moins 50 garçons depuis qu'il a été élu ballon d'or de l'école ?

ASSUME !

L'amitié garçon-fille attire parfois quelques moqueries. Il vaut mieux s'en amuser car en général, les mauvaises langues sont celles des jaloux. Si les autres croient que vous êtes amoureux, il vaut mieux en rire ou jouer l'indifférence ! C'est parfois plus efficace que d'essayer de les convaincre du contraire...

Scoop ! On peut partager l'amitié avec une fille sans forcément avoir envie de l'embrasser. Si elle aime encore les poupées, rien ne t'empêche d'y jouer avec elle si ça t'a toujours tenté. Avoir une sorte de sœur de ton âge, et en plus rigolote et qui ne t'énerve pas, c'est plutôt sympa, non ?

J'ai une meilleure amie fille. Par rapport à mes amis garçons, nos relations sont différentes. Il paraît que l'amitié fille-garçon peut se transformer en amour, mais pas toujours. Dans mon cas ça ressemble plus à de la fraternité.
Malo, 13 ans

1 FILLE, 2 GARÇONS : 0 BASTON ?

Quand l'amour entre en concurrence avec l'amitié, attention au risque d'explosion. Jusqu'à hier, Thao était un super ami. Le problème, c'est qu'il a disjoncté quand Téva est arrivée ce matin ultra-bronzée, avec sa nouvelle coiffure et son iPod nano acheté sur Internet. Trahison ! Thao kiffe ton amoureuse et le pire, c'est qu'il est mignon ! Téva, qui change de mec encore plus souvent que de vernis à ongles, risque de craquer très vite pour lui...

Tu te sens **TRAHI** par ton ami et par ta chérie ? Avant de t'énerver, demande-toi si ça vaut vraiment le coup.

- Thao n'est peut-être pas vraiment accro. Il se peut qu'il trouve seulement Téva super jolie et qu'en secret, il soit amoureux de quelqu'un d'autre.

- Pose-toi la même question : es-tu *in love* de Téva ou es-tu victime de ses armes de séduction massive comme d'autres garçons ?

- Téva a eu 5 chéris depuis la rentrée, aucun n'a tenu plus d'une semaine. D'accord, c'est difficile de te sentir abandonné, mais ne devrais-tu pas laisser Thao la fréquenter un peu ? Il reviendra peut-être bientôt te voir parce que Téva n'est plus amoureuse de lui. Tu pourras le réconforter en lui disant que cela t'es déjà arrivé, et votre amitié sera sauvée !

Les trésors de l'amitié

LA JALOUSIE, UN VILAIN DÉFAUT ?

Ce que le proverbe ne dit pas, c'est qu'on peut la transformer en qualité ! Voici comment t'en servir comme d'une baguette magique, plutôt que de continuer à enrager… Quand tu étais petit, tu as sûrement déjà piqué un jouet à un autre enfant. Le problème, c'est que tu as dû le rendre ! La jalousie n'est pas très efficace pour obtenir ce qu'on veut.

JALOUX, toi ?

Regarde autour de toi. Tu pourrais être jaloux de tout ce que tu n'as pas, ou tout ce que tu ne sais pas faire : des dribbles de Timéo, de la 3DS de Téva, des muscles du grand frère de Maxime, de la voiture du père de Noah, des parents de Sacha, du serpent exotique d'Estéban, des médailles de Leila la karatéka, de ses notes de maths et surtout de son amoureux…

On apprécie ses copains aussi pour ce qu'ils ont de différent de soi. Ce qu'on aime, c'est ce qu'on désire et du coup, on peut justement à certains moments être envieux de ne pas avoir ça (un jeu que ton copain a ou un trait de caractère par exemple). Et puis, être jaloux de ses copains, c'est un peu comme être jaloux de ses frères et sœurs, on peut avoir le sentiment que les autres sont plus aimés que soi. Sentir que c'est seulement une peur que tu as (et non la réalité) de ne pas être suffisamment aimé t'aidera à plus accepter cela.
Damien Aupetit, psychologue

Je suis jaloux de mon voisin parce qu'il est inscrit dans le meilleur club de foot de la région. Il a pu entrer parce qu'il connaissait quelqu'un. Moi, j'aimerais vraiment être à sa place, même si je n'ai pas forcément le niveau.
Alexandre, 10 ans

LA JALOUSIE, UN VILAIN DÉFAUT ?

La liste de la jalousie est **INFINIE** ! Pour te guérir de la « maladie de l'envie » :

- ***Soit tu prends une année*** pour écrire tout ce dont tu pourrais être jaloux. Il va te falloir beaucoup d'encre et de papier.

- ***Soit tu prends une minute*** pour penser à une liste de trois choses que tu pourrais vraiment obtenir en un an. Par exemple, une ceinture jaune de karaté, des bons résultats en français, une console de jeux. C'est déjà bien pour commencer, non ? Trouve ensuite trois solutions faciles pour y arriver :

- demande à tes parents de te faire arrêter le cours de tennis, et de t'inscrire dans un dojo de karaté ;
- vends tes vieux trucs lors d'un vide-grenier pour t'acheter une console d'occasion ;
- passe 5 minutes de plus chaque jour sur ton français, tes résultats s'amélioreront.

Et voilà ! Il te suffit de suivre ce programme pour te débarrasser d'une partie de ta jalousie, et obtenir en échange trois vraies choses utiles et agréables. Pour guérir vraiment, tu n'auras qu'à continuer l'année prochaine avec trois autres objectifs.

> Je faisais du foot depuis 2 ans. Un copain s'est inscrit dans mon club. Un an plus tard, il avait un meilleur niveau que moi ! J'ai été assez jaloux, mais ça ne nous empêche pas de continuer à jouer au ballon ensemble.
> **Arthur, 10 ans.**

Au lieu de jalouser Leila comme toute la classe parce que c'est une championne dans tous les domaines, essaie de t'en faire une copine : elle a sûrement quelques qualités à partager avec toi. Si ça se trouve, elle est un peu jalouse des tiennes !

SAIS-TU MANIER L'ART DES SECRETS ?

Moussa te confie discrètement qu'il vient d'échanger un bisou avec Julie…

A Tu publies le secret sur un réseau social, pour que tes 150 amis virtuels t'aident à le conserver.

B Tu fais semblant de ne pas entendre, un gros dur se fiche bien des histoires tendres.

C Tu lui demandes s'il a réussi à l'embrasser sur la bouche et si tu dois garder la tienne fermée pour ne rien révéler.

Tu viens d'apprendre par hasard que le père de Yanis avait perdu son travail…

A Pour le réconforter, tu lances à ton pote : « Dire qu'on doit bosser toute la journée pendant que ton veinard de père se la coule douce ! »

B Tu parles à Yanis de la pluie et du beau temps.

C Tu profites d'un moment seul avec lui pour demander à ton pote si tout va bien en ce moment.

William s'est fait voler son Ipod mais il ne veut pas en parler parce qu'il a peur des représailles…

A Tu dénonces l'affaire sur tous les forums Internet et tu appelles le ministère de la Justice.

B Tu appliques la règle de ton animal favori l'autruche : « Ne rien dire, ne rien voir, ne rien entendre ».

C Tu lui proposes de l'aider à en parler avec ses parents.

Lilou est très timide mais elle a fini par t'avouer qu'elle était amoureuse de toi…

A Tu inondes la planète potes avec des SMS : « Lilou me kiff a donf fo pa le repeter kar L est tro fliP si tout le monde le C. »

B Tu conclus un pacte avec elle : tu l'embrasses à condition que ce baiser reste totalement secret pendant au moins 99 ans.

C Tu lui demandes si tu peux en parler à ton meilleur pote, qui est plus muet qu'un coffre-fort enterré. En échange, Téva pourra tout raconter à sa meilleure amie…

Depuis 3 semaines, les disputes de tes parents perturbent tes devoirs à la maison…

A Tu annonces à toute la classe que tes parents vont divorcer.

B Tu laisses plonger tes résultats scolaires sans rien dire à personne.

C Tu demandes à ton pote Thibault s'il pourrait t'aider à trouver une solution.

TEST TEST TEST TEST TEST

Plus de A : Clown !
Tu débarques parfois avec tes gros souliers, et ton panier à secret est un peu percé. D'accord, ça peut faire rire les autres, mais bouche un peu les fuites, sinon tes amis pourraient finir par se lasser.

Plus de B : Prestidigitateur !
Avec toi les secrets disparaissent à tout jamais… Tu ne révèles ni les tiens ni ceux des autres. Au moins, on peut compter sur toi pour ton silence. Ouvre ta boîte magique de temps en temps : tes amis seront heureux de pouvoir y déposer quelques secrets et en échanger avec toi.

Plus de C : Jongleur !
Tu sais jongler avec les secrets, garder les vrais et te débarrasser des autres quand il le faut. Chapeau l'artiste !

TOUT SAVOIR SUR LES SECRETS

Ton meilleur ami, c'est sans doute la personne avec laquelle tu partages le plus de choses. Tes jeux, tes joies, et parfois ton dessert même si tu as un appétit de tyrannosaure. Un ami, cela permet aussi de ne pas être tout seul à porter ses ennuis. Mais attention, tous les secrets ne se ressemblent pas.

Fais le TRI !

Petits secrets : OK ! Tu peux les partager. Si tu as trouvé une super combine sur le jeu *Woozworld*, ou si tu as une grotte secrète sous ton lit, tu peux les révéler. Ton ami échangera sûrement certains secrets avec toi aussi.

Grands secrets : choisis bien !

Tu peux garder pour toi certaines choses, par exemple si tu as une maladie cachée ou si ton cousin est en prison. En tout cas, ne révèle jamais tes secrets les plus grands sans être certain que ton ami ne les répétera pas à tout le monde. Le plus simple, c'est encore de commencer par lui confier tes petits secrets pour être sûr que tu peux lui faire confiance.

SOS !

Si un ami te dit qu'il souffre, qu'il subit des violences dans sa famille ou à la sortie de l'école, essaye de le convaincre qu'il doit en parler à un adulte de confiance. S'il ne le fait pas et qu'il continue à souffrir, il n'y a qu'une solution : en parler toi-même à une personne qui peut l'aider. On a le droit de révéler un secret si c'est pour sauver un ami !

ATTENTION, DANGER !

Tu as été victime ou témoin d'une scène violente ? Tu as été racketté ? Tu penses avoir été victime d'une agression sexuelle ? Révèle sans hésiter cette situation à un adulte de confiance, même si ton agresseur t'a fait jurer de ne pas en parler. C'est un mauvais secret, il faut le révéler !

Pour t'aider à les repérer, voilà quelques exemples de mauvais secrets qui ne méritent pas d'être gardés et qu'il vaut mieux confier à un adulte de confiance.

- Morgane se fait des tatouages-cicatrices en cachette avec un cutter.
- Jules se fait racketter en sortant de l'école mais il n'ose rien dire.
- Un adulte a des comportements bizarres avec ton corps et fait un peu comme s'il lui appartenait.

Fais-toi une « liste de CONFIANCE » avec les noms d'adultes à qui tu peux confier les mauvais secrets : ta tante, le médecin scolaire, ton prof de sport, ton grand frère... Après tout, tu es encore un peu un enfant. Si tu un secret pèse trop lourd, tu as sûrement un adulte dans ton entourage qui peut t'aider. Et si tu ne veux pas parler à tes parents ni à un professeur d'un danger qui te concerne ou qui concerne ton ami, n'hésite pas à téléphoner au n° 119 : c'est gratuit, et tu trouveras pour te répondre des personnes qui ont vraiment l'habitude de ce genre de situation.

EXPERT

Ton ami a des idées noires ? Il vient de perdre son grand-père, son chat ? De se séparer de sa petite copine ? Ses parents divorcent ? Il est triste et te confie qu'il pense à se faire mal, ou même au suicide. L'aider c'est oser en parler ! Tu peux demander conseil à l'infirmier scolaire. Il connaît sûrement l'adresse d'un centre médico-psychologique où ton ami pourra rencontrer quelqu'un pour l'aider. Bien sûr, ce conseil est valable pour toi aussi...

Laure Pauly, pédopsychiatre

Mes parents n'apprécient pas mon meilleur ami

Pour commencer, essaie de comprendre la réaction de tes parents. Ils ont peur que tu fasses une erreur en choisissant un ami qui a sur toi une mauvaise influence. Ils peuvent penser que cet ami cherche à te faire faire des bêtises. De ton côté, tu penses sûrement que le problème vient de tes parents : ils ne te font pas confiance, et en plus ils ne connaissent pas vraiment ton ami.

Fais les **PRÉSENTATIONS** !

Pour arranger les choses, présente ton ami à tes parents. Trouve le moyen de les laisser 10 minutes ensemble en prétextant que tu as quelque chose à chercher dans ta chambre.

Essaie de montrer à tes parents que ton ami a une **bonne influence** sur toi. Utilise des exemples précis. Il te conseille des livres ou des jeux pas trop idiots ? Il t'aide à comprendre certains exercices ? Parles-en à tes parents, ils changeront peut-être d'avis. Si ton ami est plus âgé que toi, donne des exemples à tes parents qui leur permettront de comprendre que c'est plus un frère qu'un profiteur.

Tes parents s'obstinent ? Ils continuent à te reprocher tes fréquentations ? Tu sais pourtant que tes parents ne veulent que ton bien. Alors **demande-toi** à ton tour si ton ami est vraiment un ami. N'est-il simplement une « connaissance » qui cherche à profiter de toi ? Si tu es convaincu que non, continue à le voir et arrangez-vous pour que tes parents ne puissent rien vous reprocher. Si votre amitié dure quelques années, tes parents finiront sûrement par changer d'avis.

L'AMITIÉ INTERSIDÉRALE

Le dernier jour de la classe est arrivé et, pour une fois, Yanis a les larmes aux yeux. Son père a trouvé du travail dans une autre ville et ton copain ne sera plus à l'école l'année prochaine. Rassure-toi, il existe de nombreuses solutions pour faire grandir l'amitié à distance.

Conseil d'expert : Tu rentres en sixième. Comment ne pas montrer que tu te sens un peu impuissant dans ce nouveau monde ? Les attitudes de défi, la provocation, la bagarre sont autant de masques. Montrer sa puissance, sa force permettent de cacher un vécu parfois difficile. Le risque est de s'enfermer dans une situation peu confortable.
Laure Pauly, pédopsychiatre

Utilisé depuis les pharaons, le courrier est toujours un bon serviteur de l'amitié ! Tu peux écrire à Yanis. En plus, tu l'aideras à faire des progrès en français s'il te répond... Envoie-lui des lettres personnalisées. Ajoutes-y des collages improbables (ta tête sur un Gormiti !). Il s'amusera de voir qu'en son absence, tu t'es transformé en Destructor l'infatigable ! N'hésite pas à lui envoyer des cartes postales bien kitsch.

Téléphone-lui de temps en temps, raconte-lui ce que tu deviens, parle-lui de ta nouvelle classe, de tes progrès en skate... ou de ta nouvelle chérie.

Sur un ordinateur, tu peux utiliser des logiciels comme Skype pour dialoguer en direct ou par e-mail si tes parents te le permettent. Tu as plus de 13 ans ? Tu peux poster des messages sur Facebook ou organiser une rencontre entre ton avatar et celui de ton pote dans l'hôtel virtuel Habbo.fr sur Internet. *Woozworld* est aussi un monde virtuel accessible aux préados, avec l'autorisation des parents.

Pour entretenir l'amitié, rien ne remplace quelques jours ensemble : quand tu auras convaincu tes parents que Yanis est vraiment un chouette copain qui ne se bagarre plus dans sa nouvelle école, propose-leur qu'il vienne en vacances quelques jours avec vous !

Les trésors de l'amitié

POUR AVOIR LA PAIX, FABRIQUE-LA !

Tout le monde peut se faire dépasser par ses émotions… D'ailleurs, se disputer, ça fait parfois du bien. Mais faire la paix, ça soulage encore plus. Tu viens de claquer la porte au nez tes parents ? Tu sors d'une explication musclée avec un ami ? C'est sûr, tu te jures que tu ne reparleras jamais à tous ces bouffons qui ne comprennent jamais rien ! Dans ces situations, la colère l'emporte souvent sur la raison.

Quand ta RAGE sera retombée, demande-toi s'il est vraiment utile de continuer la guerre. Souvent, une dispute n'est jamais de la faute de l'un ou de l'autre, mais un peu des deux. N'as-tu pas contribué à la faire naître, en n'obéissant pas à tes parents ou en provoquant ton pote ? Si c'est le cas, cela vaut le coup d'aller se réconcilier. Reparler à ton ami, ce n'est pas se ridiculiser, c'est faire grandir son amitié.

Ne t'excuse pas si tu n'as RIEN fait pour provoquer la dispute. Cela ne t'empêche pas de continuer à être intelligent : une fois la colère retombée, si tu penses toujours avoir raison, tu peux demander calmement des excuses ou des explications.

Tu te sens un peu bête de t'être ÉNERVÉ ou d'avoir provoqué un ami ? Il suffit souvent d'attendre de se calmer et de lui dire en souriant une phrase comme : « Désolé de m'être énervé, si on se faisait une bonne partie de cartes : promis, j'arrête de tricher ! » Tu te sentiras très soulagé de lui reparler.

Quand tu veux faire la PAIX, ne cherche pas forcément à justifier le comportement que tu viens d'avoir : la colère, ça ne s'explique pas toujours avec des mots. Une petite phrase d'excuse suffit souvent à se faire pardonner. Faire la paix, c'est plus courageux et difficile que de continuer la guerre, mais c'est vraiment plus utile pour se simplifier la vie.

SAIS-TU CALMER LE JEU ?

Taureau, renard ou salamandre… Quand la colère monte et que l'incendie menace, quelle sorte d'animal es-tu ?

Tu as commis une faute au basket, la prochaine sera synonyme d'expulsion…

A Tu tentes un dunk directement avec la tête de Jules, ça lui apprendra à faire sans arrêt des obstructions.

B Tu transformes ta colère en rage de vaincre et tu alignes les paniers à trois points pour rattraper les lancers francs que tu as offerts à l'équipe adverse.

C Tu joues plus collectif avec ton équipe plutôt que de continuer à la défendre avec des coups de pieds.

Depuis un quart d'heure, ton petit frère t'imite pour te faire enrager…

A Tu l'attrapes et tu le forces à prendre une douche froide.

B Tu prends une douche froide pour te calmer, en plus, il n'aura pas le courage de t'imiter.

C Tu patientes car tu sais qu'il va finir par se lasser, puis tu vas te détendre avec un bon bain chaud.

Pendant la récré, un gars te traite de « blaireau »…

A Tu lui montres qu'un blaireau énervé, c'est très agressif, ça mord et ça griffe.

B Tu lui rappelles que blaireau rime avec judo, mais tu passes ton chemin plutôt que de lui faire tâter ton balayage « o-soto-gari ».

C Tu ne réponds pas. Tu sais que les blaireaux sont considérés comme les animaux les plus sages dans les romans du Moyen Âge.

TEST TEST TEST TEST

Plus de **A** : Taureau ! Quand l'incendie s'embrase, tu fonces tête baissée et tu n'hésites pas à en rajouter. Conseil de pompier : ne jette pas trop d'huile sur le feu, tu risques de te brûler…

Plus de **B** : Renard ! Quand tu sens monter la colère, tu parviens à la transformer ou à trouver le truc pour ne pas trop en rajouter. La ruse, c'est souvent un bon moyen d'esquiver tout en se faisant respecter.

Plus de **C** : Salamandre ! La légende raconte que c'est le seul animal qui résiste au feu. Contrôler sa colère, même pour un Moldu, ce n'est pas sorcier. Tu mériterais d'entrer à la maison Poufsouffle de Poudlard : ses maîtres mots sont patience et loyauté.

Les trésors de l'amitié

BANDE DE POTES : COMMENT RESTER AU TOP ?

Une bande de potes, c'est l'idéal pour ne jamais se sentir seul, et surtout pour s'amuser... à condition qu'elle ne sente pas trop le renfermé.

Ta deuxième FAMILLE

Ta bande de potes, tu la trouves sans doute plus cool que ta famille. D'abord, ils te permettent de te sentir moins seul. On peut dire qu'à partir de deux, on est déjà un petit groupe. Mais être en bande, ça donne aussi une sorte de pouvoir dont il faut se servir sans exagérer. Voici quelques enseignements de Jedi pour ne pas trop tomber dans le côté obscur.

Le copain d'un copain raconte vraiment n'importe quoi : par exemple il nous dit qu'il a une voiture télécommandée à nitro. En fait il a surtout beaucoup d'imagination. D'ailleurs, il est un peu encombrant, et il lui arrive de m'embêter. En fait, les copains de copains, ce n'est pas toujours des copains !
Marin, 10 ans

« Moi et mes potes, on aime bien se moquer des bouffons. »

D'accord, être nombreux rend plus fort, mais ça peut aussi rendre plus débile ! Profiter d'être en bande pour se moquer des autres, c'est se comporter comme un mouton !

« Dans ma bande, on n'accepte personne de nouveau parce qu'on est trop bien entre nous. »

Franchement, ça finit par être assez relou de rester tout le temps avec les mêmes personnes, d'entendre toujours les mêmes blagues...

« Entre nous, chacun a son rôle : le chef, son meilleur ami, deux autres potes qui suivent leurs ordres et moi qui n'ai pas trop droit à la parole. »

Franchement, si ta bande te prend plus la tête que ta propre famille, change de copains !

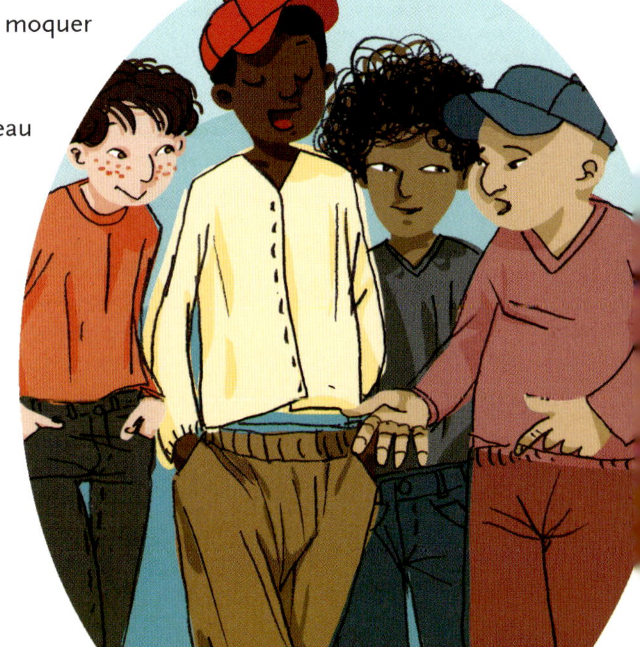

UNE RIBAMBELLE

Une bande, ça commence à 2 ! Mais quand on est nombreux, il existe des centaines de possibilités de s'amuser.

C'est « top », de monter une équipe de potes et d'organiser un tournoi de foot en salle. Pour les amateurs de défis, que dirais-tu d'une *battle* de hip-hop un week-end dans le garage de tes parents, ou d'un concours de slam ? Si vous êtes plutôt musiciens, répétez quelques morceaux pour les jouer le 21 juin, jour de la Fête de la musique. Fondus du sport sur canapé ? Un tournoi de foot ou de tir à l'arc sur Wii entre copains vous permettra de faire de l'exercice… sans trop vous fatiguer. Au fait, n'oubliez pas de vous aérer ! Rien ne vaut un vrai bol d'air partagé, baskets au pied, pour se défouler.

> Avec un copain, on aime bien s'inviter pour se faire écouter les morceaux de musique qu'on vient de découvrir sur Youtube ou sur le téléphone de ma mère.
> **Arthur, 10 ans**

> Je suis l'intello d'une bande de oufs. Ma place est assez bizarre mais je trouve ça sympa de se balader avec des gothiques.
> **Yassine, 14 ans**

> Je suis dans une école nulle où les gens te jugent sur ton physique et sur tes fringues. Heureusement que j'ai trouvé une bande d'amis, sinon j'aurais demandé à mes parents de changer de collège.
> **Enzo, 11 ans**

> Ma bande s'appelle Los Picaros. Je ne sais pas trop ce que ça signifie. C'est un copain qui a trouvé le nom dans une BD de son père. On a chacun nos surnoms : « Bob l'éponge », qui un jour est tombé tout habillé dans une piscine, « PTDR » qui est toujours mort de rire. Moi, c'est « le Cht'i » parce que je ne suis pas très grand.
> **Léo, 13 ans**

LES MYSTÈRES DE L'AMOUR

PAGE 98
À
PAGE 117

« Il n'y a pas six ou sept merveilles dans le monde. Il n'y en a qu'une : c'est l'amour ». Cette citation du poète Jacques Prévert est trop longue pour un SMS ? Tu peux au moins la copier dans ton journal perso si tu as l'âme romantique.
L'amour est un sentiment qui existe depuis toujours. Si on imagine que chaque homme et chaque femme depuis le début de l'humanité a vécu au moins une histoire d'amour, cela fait au minimum...100 MILLIARDS d'histoires ! Le plus étonnant, c'est qu'elles ont toutes été différentes.
Si l'amour est parfois plus solide que la pyramide de Khéops, toute merveille a ses fragilités. Intemporel mais fragile, unique mais universel, l'amour, c'est vraiment un sacré mystère...
Bon d'accord, fini le quart d'heure d'histoire et de poésie ! Tu préférerais vraiment des conseils utiles ? Ferme la porte de ta chambre et ouvre ce chapitre.

UN PEU, BEAUCOUP, PAS DU TOUT

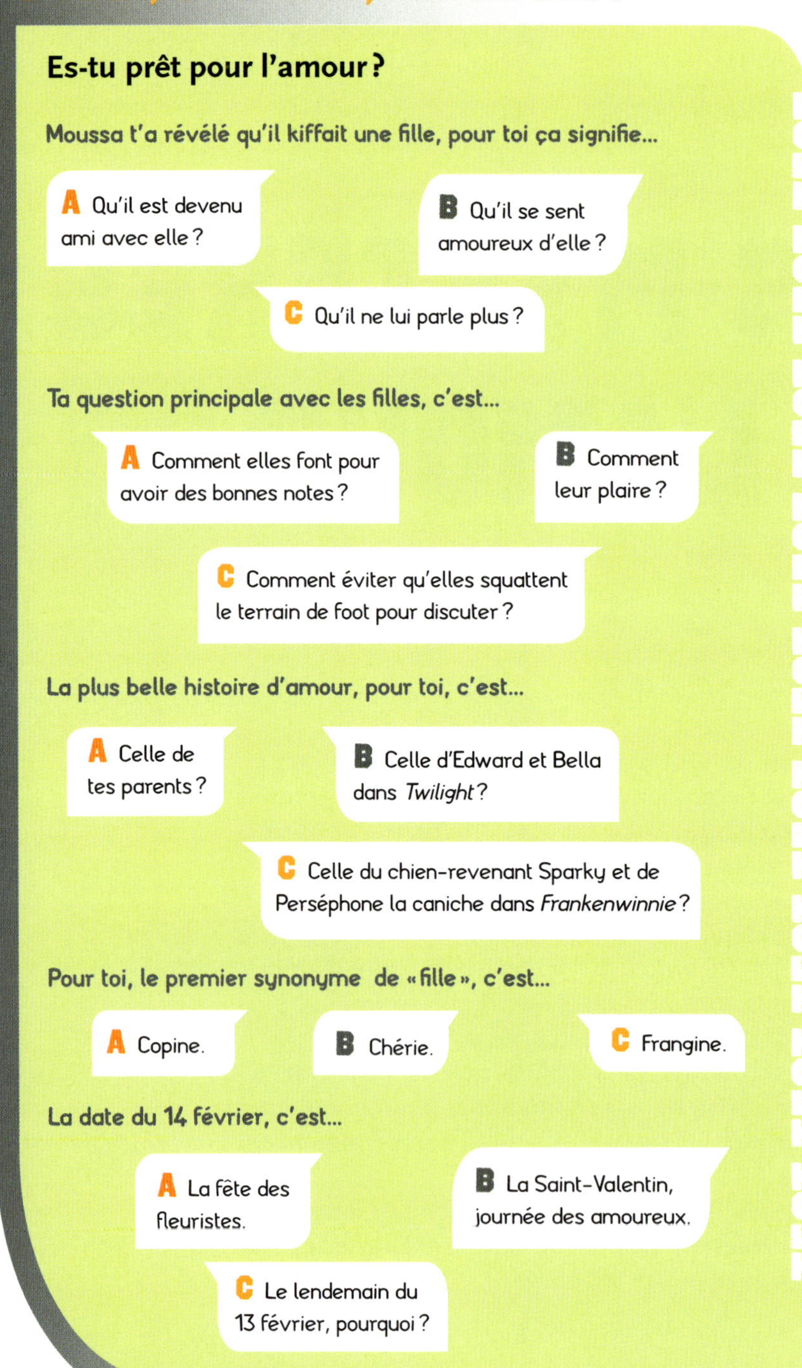

Es-tu prêt pour l'amour ?

Moussa t'a révélé qu'il kiffait une fille, pour toi ça signifie…

A Qu'il est devenu ami avec elle ?

B Qu'il se sent amoureux d'elle ?

C Qu'il ne lui parle plus ?

Ta question principale avec les filles, c'est…

A Comment elles font pour avoir des bonnes notes ?

B Comment leur plaire ?

C Comment éviter qu'elles squattent le terrain de foot pour discuter ?

La plus belle histoire d'amour, pour toi, c'est…

A Celle de tes parents ?

B Celle d'Edward et Bella dans *Twilight* ?

C Celle du chien-revenant Sparky et de Perséphone la caniche dans *Frankenwinnie* ?

Pour toi, le premier synonyme de « fille », c'est…

A Copine.

B Chérie.

C Frangine.

La date du 14 février, c'est…

A La fête des fleuristes.

B La Saint-Valentin, journée des amoureux.

C Le lendemain du 13 février, pourquoi ?

Plus de **A** : Un peu. Avoir une histoire d'amour, pourquoi pas, mais tu ne vois pas bien comment cela pourrait t'arriver. De toute façon, les filles n'ont pas vraiment l'air de s'intéresser à toi. Sache que l'amour est patient et que tu as tout le temps de le rencontrer.

Plus de **B** : Beaucoup. Tu es prêt à vivre la passion amoureuse, mais ne la laisse pas complètement te tourner la tête. On peut être amoureux sans oublier ses amis ni ses devoirs, ça évite les ennuis !

Plus de **C** : Pas du tout. Pour toi, les filles sont des créatures d'un autre monde qui ne t'intéressent vraiment pas. L'amour s'invitera dans ta vie un jour mais, en attendant, profite bien de tes copains et de tes jeux.

Les mystères de l'amour

L'AMOUR EN MOTS

Il n'est pas vraiment possible de décrire ce qu'est l'amour, et tant mieux ! Ce mystère fait en grande partie son charme.

J'ai eu une première amoureuse, elle était hyper belle. J'ai mis deux ans à me rendre compte qu'elle était aussi hyper bête ! Aujourd'hui, j'ai changé d'amoureuse : elle n'est pas très belle mais au moins elle est loin d'être bête.

Paul, 10 ans

J'ai déjà été amoureux ! Cela n'a pas toujours été facile car quelques amis et les grands se moquaient de moi. En fait, je trouvais ça plutôt gênant d'être amoureux, mais ça ne m'a pas empêché de continuer d'aimer ma copine. Un jour, elle a arrêté de m'aimer et je n'ai jamais trop compris pourquoi.

Hugo, 12 ans

J'ai eu quatre amoureux, mais il y en a un qui n'a pas eu le temps de m'aimer. En fait je voulais attendre que les vacances soient finies pour lui faire ma déclaration, mais il avait changé d'école à la rentrée. J'aurais dû lui dire avant !

Lila, 10 ans

Je suis très timide mais j'ai rencontré beaucoup de filles dans un cours de danse. Je suis le seul garçon ! Depuis l'an dernier j'ai eu deux amoureuses parmi les danseuses.

Clément, 14 ans

Avant je l'aimais. Un jour on a arrêté de se parler, et j'ai fini par croire que je l'avais oublié. Puis on est redevenus amis et confidents. Un an plus tard j'ai fini par retomber amoureuse de lui.

Julia, 12 ans

L'amour en proverbes !

« Là où on s'aime, il ne fait jamais nuit. »
Proverbe africain

« Chaque baiser est une fleur dont la racine est le cœur. »
Anonyme

« L'amour sans une certaine folie ne vaut pas une sardine ! »
Proverbe espagnol

« On ne peut pas empêcher un cœur d'aimer. »
Proverbe québécois

Et en verbes...

Aimer, affectionner, chérir, estimer, adorer... bref, « kiffer » !

Comment ça fonctionne, une FILLE ?

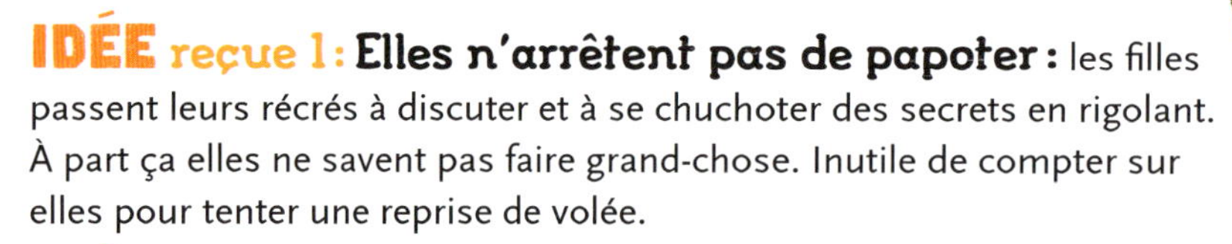

IDÉE reçue 1 : Elles n'arrêtent pas de papoter : les filles passent leurs récrés à discuter et à se chuchoter des secrets en rigolant. À part ça elles ne savent pas faire grand-chose. Inutile de compter sur elles pour tenter une reprise de volée.

IDÉE reçue 2 : Elles sont futiles : elles courent les magasins pour acheter des fringues.

IDÉE reçue 3 : Elles sont trop romantiques : les filles se croient toujours au temps des princesses. Elles aiment surtout les fleurs et rêvent de rencontrer le prince charmant pour se marier en robe blanche.

IDÉE reçue 4 : Elles sont faites pour travailler à la maison. Elles adorent passer l'aspirateur et faire des machines à laver.

IDÉE reçue 5 : Elles sont faibles physiquement. C'est pour ça qu'il n'y a pas de match de boxe mixte, et qu'on n'imagine pas une finale de Coupe du monde de rugby entre une équipe masculine et une équipe féminine.

IDÉE reçue 6 : Elles ne fonctionnent pas comme les garçons. C'est pour ça que tu ne comprends rien aux nanas.

Les mystères de l'amour

PRÊT À ENTENDRE LA VÉRITÉ ?

Si tu penses que toutes les idées de la page d'à côté sont un peu vraies, cette page va t'aider à y voir un peu plus clair...

IDÉE 1 : Ça dépend ! D'accord, certaines filles adorent discuter. Au moins, elles ont compris que l'amitié servait à se confier des secrets. Et toi ? Combien de SMS as-tu envoyé aujourd'hui ?

IDÉE 2 : Autant que les garçons ! Les gars aussi sont très nombreux à vouloir le dernier téléphone à la mode ou à passer beaucoup de temps dans des boutiques de chaussures de sport et devant le miroir de la salle de bains.

IDÉE 3 : Pas vraiment ! Certaines filles en ont marre qu'on leur offre des trucs roses comme si elles n'avaient pas d'autre choix. Elles sont nombreuses à préférer l'originalité. D'ailleurs, les vendeurs de robes de mariage « meringue » ont du souci à se faire. Aujourd'hui, beaucoup de filles préfèrent une robe qui leur ressemble, plutôt que se marier en blanc.

IDÉE 4 : Égalité ! On voit à la télé des filles qui font la cuisine ou nettoient la maison. C'est surtout ceux qui fabriquent ces pubs qui mériteraient d'être dépoussiérés ! De nombreuses filles deviennent patronnes d'entreprise ou pompiers. Des garçons font la vaisselle et s'occupent des enfants. Sais-tu que de plus en plus d'hommes font le métier de... sage-femme ?

IDÉE 5 : Faux ! La science a prouvé que les filles résistaient mieux que les garçons aux températures extrêmes, à la fatigue, et à certaines maladies. Et les femmes vivent en moyenne 10 ans de plus...

IDÉE 6 : Vrai ! Cela n'a rien d'étonnant. Aucun individu sur terre ne fonctionne exactement comme un autre. D'ailleurs, tu n'es pas une copie parfaite de tes copains garçons, et cela n'empêche pas que vous vous compreniez.

Jusqu'à 13 ans, les garçons pleurent à peu près autant que les filles. Quant ils grandissent, les hommes pleurent moins : c'est dû aux hormones, mais aussi au fait que certains veulent passer pour des gros durs alors qu'au fond d'eux... ils ont peur de pleurer devant les autres.

Les filles et moi, ça fait trois

Tu ne plais pas aux filles ? Elles ne te regardent même pas ? Peut-être as-tu remarqué que, en général, les filles démarrent leur puberté plus tôt que les gars. Elles commencent à avoir un corps de femme environ deux ans avant que les garçons commencent à se transformer en hommes. Ce décalage fait que, souvent, elles sont amoureuses de plus grands que toi.

Certains garçons PLAISENT plus aux filles que d'autres. Ils n'ont pas trop de difficulté à rencontrer une chérie. Observe-les pour voir comment ils s'y prennent :

- ils parlent aux filles, alors que toi tu ne causes qu'à ton ballon et à tes potes ;
- ils ont l'air assez sûrs d'eux, tu es encore un peu timide ;
- ils « font » grands et toi, tu as l'impression que les filles te regardent comme un enfant.

Pour AMÉLIORER ta cote avec les filles, relis la page consacrée à la timidité. Crée des occasions pour leur parler. Vous avez sûrement de quoi discuter ! Si tu pratiques le judo et que Leila est karatéka, branche-la sur les arts martiaux. Tu aimes la musique et Lilou se balade avec un étui de guitare ? Engage la conversation sur ton guitariste préféré...

Plus facile à dire qu'à FAIRE ! Ces petites techniques ne te permettront pas forcément de rencontrer une chérie. Ton meilleur allié, c'est surtout le temps. Plus tu grandiras, plus tu te feras confiance. Tu auras l'occasion de rencontrer des filles. Ça prend parfois quelques années interminables, mais tu les oublieras en un quart de seconde le jour de ton premier baiser !

Les mystères de l'amour

CE QUE LES FILLES APPRÉCIENT CHEZ LES GARÇONS

L'HUMOUR, la qualité n°1.

Ce qui me plaît, c'est surtout l'humour. Au début je n'avais pas trop envie de l'embrasser mais Martin m'a beaucoup fait rire. J'ai fini par craquer.
Élodie, 14 ans

Quand il est arrivé à l'école, toutes les filles sont tombées amoureuses parce qu'il était gentil et attentionné...
Jeanne et Lila, 10 ans

Ce qui me ferait trop craquer, c'est qu'un garçon m'offre un collier avec des cœurs entrecroisés pour la Saint-Valentin.
Jeanne, 10 ans

Je n'apprécie pas les gars qui passent leur temps à faire des blagues sur le sexe. Certains pensent que c'est drôle mais je trouve ça vraiment débile.
Aissatou, 13 ans

Je préfère les garçons normaux : intelligents mais pas trop pour éviter le mal de crâne, et avec de l'humour. Drôles mais pas trop lourds.
Emily, 14 ans

J'aime bien les garçons qui sont un peu rebelles ou artistes, mais vraiment pas ceux qui se la « pètent ».
Emily, 14 ans

Je kiffe les mecs qui ne font que geeker ! Non, je rigole ! Je préfère ceux à qui on peut parler d'autre chose que de jeux vidéo H24.
Léa, 11 ans

AMOUR OU AMITIÉ ?

Mon amoureuse, c'est un peu comme ma meilleure amie. La différence, c'est que je fais plus attention à mes comportements quand je suis avec elle.
Paul, 10 ans

Si tu t'entends bien avec une fille et que tu te poses des questions, commence par répondre à ce quiz...

Tu la trouves surtout...

A Belle.

B Super sympa.

C Marrante.

Tu penses à elle...

A Une fois par jour pendant 24 heures ?

B Une fois par jour pendant 10 minutes ?

C quand tu as un truc à lui demander ?

Tu veux lui faire un cadeau, tu choisis...

A Un bracelet avec ton nom ?

B Un bracelet avec son nom ?

C Un Shōjo (un manga plutôt pour filles) ?

L'embrasser sur la bouche ?

A Tu n'arrêtes pas d'en rêver !

B Pourquoi pas...

C Tu n'y as pas vraiment pensé.

Les vacances, c'est...

A L'enfer parce qu'elle va te manquer.

B L'occasion de lui envoyer une carte postale.

C Super pour s'amuser.

A comme « À donf ! » Rien que d'y penser, ton cœur est en vrac et tu te sens complètement emporté. Tu es amoureux, ça n'a plus grand-chose à voir avec l'amitié. Si tu sens qu'elle est sur la même longueur d'onde que toi, n'attends pas 100 ans pour faire le premier pas...

B comme « Ben, entre l'amour et l'amitié ». Pour l'instant, tu ne sais pas trop quoi penser. Vous vous entendez bien mais tu n'es pas sûr d'être amoureux. Elle t'apprécie mais elle n'a pas l'air non plus dingue de toi. Laisse faire le temps : l'avenir vous dira si vous êtes faits pour sortir ensemble...

C comme « C'est juste une copine ! » C'est sûrement préférable de rester comme ça. L'embrasser ? Ce serait bien pratique pour voir comment ça fait, mais ça pourrait être assez décevant si l'amour n'est pas au rendez-vous. La naissance d'une grande amitié vaut parfois mieux qu'un baiser un peu raté.

EST-ELLE AMOUREUSE DE TOI ?

Parmi les situations suivantes, combien en as-tu vécues avec elle ?

- Quand tu lui parles, son visage prend une couleur entre tomate et radis.
- Elle veut absolument te présenter à sa meilleure copine.
- Elle n'arrête pas de te mater en douce, planquée derrière sa trousse.
- Elle s'est arrangée pour récupérer ton adresse mail.
- Elle veut t'inviter à son anniversaire.
- Elle s'assied à côté de toi dès qu'elle a l'occasion de le faire.
- Elle est la seule à rire à tes blagues les plus nulles.
- Elle n'oublie jamais de venir te dire bonjour.
- Elle t'a proposé de regarder le film *Titanic* avec elle.
- Ses SMS menacent de faire exploser la mémoire de ton téléphone.
- Elle t'a offert une copie de ses MP3 préférés.
- Elle insiste pour que tu l'emmènes au ciné.
- Quand elle te croise, elle te dit toujours quelques mots.
- En général, elle décroche le téléphone dès la première sonnerie quand tu l'appelles.
- Quand elle te dit au revoir, elle insiste par une légère pression sur ta joue.

Pour savoir si une fille est amoureuse, je regarde combien de temps elle met à réagir à mes textos : si elle s'arrange pour répondre dès que possible, je me dis qu'elle est peut-être déjà un peu accro.

Léo, 13 ans

TEST TEST TEST TEST TEST

Moins de 5 : Pas sûr ! Elle te trouve peut-être juste sympa. Pour l'instant, ne t'emballe pas. Si elle est amoureuse de toi… elle ne le sait pas encore ! C'est peut-être toi qui te fais des films. Refais ce test toutes les 2 semaines, tu verras si ton score progresse.

5 à 10 : Tu as tes chances !
Il est bien possible qu'elle soit amoureuse de toi. Attends encore un peu avant de faire le premier pas, si tu t'y prends trop tôt tu risques de trébucher…

Plus de 10 : Gagné !
À condition, bien sûr, que tu n'aies pas tout inventé ! Ces situations se sont produites dans la réalité, et pas seulement dans tes rêves ? N'en profite pas pour lui sauter dessus et l'embrasser, elle est peut-être timide : déclare-lui que tu l'aimes sans trop l'effaroucher…

Pour l'instant je n'ai pas trop envie d'avoir un amoureux. Je préfère m'amuser avec mes copines !

Jeanne, 10 ans

Les mystères de l'amour

LA RECETTE INRATABLE POUR PLAIRE AUX FILLES

Tu vas être déçu, cette recette n'existe pas... Voici quand même le début d'un alphabet pour écrire tes premières histoires d'amour...

A comme **« Attentionné » :** essaye de comprendre les filles. Si tu es attentif, tu comprendras vite qu'elles n'adorent pas recevoir des coups de pieds ni qu'on se moque d'elles pendant la récré. C'est peut-être aussi pour ça qu'elles préfèrent les garçons plus âgés. Prouve-leur que tu es grand en ne te comportant pas comme un gamin de 6 ans.

Prouve ton attention par de petites... intentions : bien vu, la carte d'anniversaire pour Téva, personne d'autre n'y avait pensé !

B comme **« Baratineur (un peu) » :** Ça ne veut pas dire mentir, mais mettre en avant ses qualités plutôt que ses défauts. Glisse quelques indices dans la conversation, par exemple que tu es amateur de judo ou musicien. Inutile de préciser que ton kimono sale sert d'étui à ta guitare cassée... Attention, ne te la joues pas trop ! Tu risques de te faire piéger par le pire des défauts : la vantardise !

Utilise l'humour pour parler de tes petites faiblesses. C'est aussi une manière de montrer deux qualités : drôle et modeste. Malin, non ?

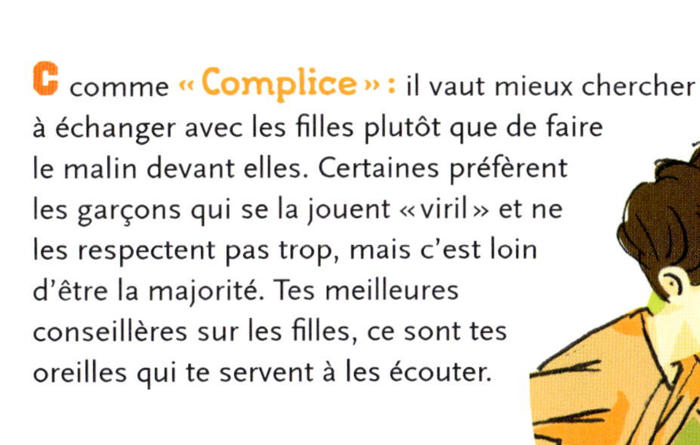

C comme **« Complice » :** il vaut mieux chercher à échanger avec les filles plutôt que de faire le malin devant elles. Certaines préfèrent les garçons qui se la jouent « viril » et ne les respectent pas trop, mais c'est loin d'être la majorité. Tes meilleures conseillères sur les filles, ce sont tes oreilles qui te servent à les écouter.

Si une fille que tu connais a l'air un peu triste, demande-lui ce qui ne va pas, tu pourras peut-être la consoler...

D comme **« Discret » :** tu as embrassé une fille ? Ne fais pas trop le buzz. Frime un peu devant ton meilleur pote si tu ne peux pas résister, mais ne t'en vante pas sur Internet ou dans la cour de récré. L'amour naissant est un peu allergique à la publicité ! S'il grandit et devient plus solide, tu auras tout le temps d'en parler.

Conclusion : À toi de continuer l'alphabet ! Dis-toi quand même que l'amour naît avant tout d'une rencontre, et pas d'une partie de « pêche aux filles ». Autrement dit, une fille te choisit autant que tu la choisis.

Les mystères de l'amour

MMM, EUUUH... JE T'AIME

Déclarer sa flamme, faire le premier pas, dire je t'aime... ce n'est pas parce que toutes les lunes de miel commencent comme ça que c'est du gâteau. Voici quelques idées pour faire comprendre à une fille qu'on l'aime. Et quelques trucs à éviter pour ne pas se retrouver au tapis.

- L'embrasser sans la prévenir alors que tu n'es pas sûr qu'elle t'aime : **KO**
- Lui offrir un collier pour la Saint-Valentin : **OK**
- Commencer par « J'ai un truc à te dire mais je n'ose pas vraiment » et improviser : **OK**
- Déclarer à tout le monde que tu es amoureux avant de lui dire à elle : **KO**
- Lui écrire une carte romantique genre « Si l'amour était une étoile, je t'offrirais la voie lactée » : **OK**
- Envoyer « j't'M » par SMS : **OK** ou **KO**. Ça dépend, certaines filles peuvent trouver ça trop direct.
- La jouer comique : **OK**. Si tu le sens bien, tu lui fais croire que tu es gravement malade et quand elle te demande « De quoi ? », tu réponds « De toi ! »
- Lui dire « Je sais que tu me kiffes, avoue que t'es raide de moi » : **KO**
- Soulever sa jupe pour regarder sa culotte : **gifle** + **KO**
- La serrer fort dans tes bras le jour de son anniversaire : **OK**

Les amoureux les plus fous ont affiché un panneau de 4 x 3 mètres en face de l'immeuble de leur chérie, ou traversé la planète pour déclarer leur amour en Australie. Comme ta fortune personnelle est encore limitée, exploite tes riches idées. Par exemple, imprime une belle photo sur carton et encadre-la toi-même.

Est-ce toujours au garçon de faire le premier pas ?
Pas forcément, mais si ça fait des semaines que Lilou ne se décide pas, lance-toi ! N'attends pas trop que l'oiseau de l'amour soit passé : il suffit de trois secondes de courage pour dire « Je t'aime » et l'attraper.

QUAND TOUT S'ÉCROULE...

Ton amoureuse t'a quitté ? La descente, en amour, c'est aussi vertigineux que la montée. Allez, raccroche-toi aux branches pour ne pas trop dégringoler. Courage, bonhomme : pour te reconstruire et réécrire une nouvelle histoire, évite de te laisser séduire par les idées noires. Voici celles qui risquent de pointer leur nez dans le brouillard.

« Elle est trop NULLE ! » D'ailleurs, tu as envie de l'insulter. Mauvaise idée ! S'il te reste une petite chance avec Téva, c'est la meilleure façon de la manquer. C'est plutôt courageux de sa part de t'avoir dit la vérité. Aurais-tu préféré être le dernier de la classe à apprendre qu'elle ne t'aimait plus ou qu'elle s'intéressait à Thao ? La réponse est : « Non ».

« Je suis trop NUL ! » Quand la flamme s'éteint, la faute est souvent partagée. Téva aurait pu te prévenir un plus tôt qu'elle te trouvait changé ou qu'elle se sentait moins amoureuse. Et toi, tu n'as peut-être pas réagi à temps pour éviter la casse... Au moins, ça te servira pour mieux réussir ta prochaine histoire.

« L'amour, plus JAMAIS ! » Tu l'aimais tellement que tu crois impossible de revivre une aussi belle histoire. Erreur, le livre de l'amour n'est jamais fermé pour toujours ! Tu viens de terminer un chapitre mais avec du temps et du courage, tu arriveras à tourner la page.

Conclusion : Pour commencer à guérir, ne reste pas enfermé seul avec ta tristesse. Confie-toi à tes amis, ils t'aideront à te consoler. Chasse les mauvaises idées en pratiquant tes activités préférées. Le temps et les copains finiront par te redonner ta confiance et ton sourire.

Les mystères de l'amour

JE SUIS AMOUREUX... D'UN GARÇON

Les pages précédentes parlent beaucoup de l'amour fille-garçon parce que c'est le plus répandu, mais l'amour entre les garçons existe aussi. De nombreuses personnes croient que l'amour ne peut exister qu'entre une fille et un garçon. Elles sont plutôt mal informées parce que, en fait, un garçon peut aimer un garçon, et une fille peut aimer une fille ! Cette expression différente d'amour est normale, et d'ailleurs elle existe depuis la Préhistoire.

On appelle cet amour l'« HOMOSEXUALITÉ ».

Aujourd'hui encore c'est un sujet qui peut être l'objet de mauvaises blagues et d'insultes. Ou pire. Certaines personnes croient même que c'est une maladie. Pour te rassurer, lis plutôt ce qui suit...

Tu commences à te sentir **attiré par un garçon** ? Rassure-toi, les émotions que tu perçois au fond de toi, ou au creux de ton ventre, demandent un peu de temps avant de les comprendre.
En tout cas tu n'es pas du tout malade ! D'ailleurs, à ton âge, cela ne veut pas forcément dire que tu es homosexuel. Tu verras avec le temps si cette préférence pour les garçons continue, ou si finalement tu te sens plus attiré par les filles (ou par les deux !).

Tu continues à **aimer les garçons** en grandissant ? Ne te force pas à aimer les filles pour faire comme les autres ou pour faire plaisir à tes parents. Heureusement, l'homosexualité est de mieux en mieux acceptée. D'ailleurs, la loi qui permet aux couples homosexuels de se marier vient d'être votée ! À l'adolescence, il se peut quand même que tu vives des moments pénibles : certaines personnes ont encore du mal à admettre qu'un garçon puisse aimer un autre garçon. Si cela t'arrive, continue à t'accepter comme tu es. N'écoute pas ceux qui voudraient te faire culpabiliser.

Enfin, rappelle-toi que le **temps** est ton meilleur allié : un jour, tu rencontreras celui avec lequel tu pourras vivre ton amour pleinement, et en paix.

Tu te surprends à faire des rêves étranges, à avoir envie de gestes tendres envers ton copain. Ne t'inquiète pas, c'est normal ! Chacun est passé par là, mais ne s'en rappelle pas forcément. Ça ne prédispose en rien de ta future orientation sexuelle. **Laure Pauly, pédopsychiatre**

JE T'AIME... MOI NON PLUS

Les mystères de l'amour

Margaux vient de te faire une déclaration d'amour... Le problème, c'est que tu n'as pas spécialement envie de devenir son chéri. Comment lui dire ?

Réagis CALMEMENT :

Au lieu de dire « non » brutalement ou de te moquer d'elle, joue la montre. Explique-lui que tu as besoin de réfléchir un peu. Pour savoir comment te comporter avec elle, inverse les rôles. Imagine ce que tu vivrais à sa place : tu auras peut-être des idées pour éviter de la rendre encore plus triste.

Réponds avec TACT ! Évite le SMS « G DciD : C Non ». Margaux est peut-être amoureuse de toi en secret depuis longtemps. Elle pourrait se sentir humiliée si tu lui accordes aussi peu d'attention. Le mieux, c'est de prendre le temps de lui parler directement, et surtout pas devant les autres. Tu peux lui téléphoner. Prends un moment pour lui expliquer ton refus. D'accord, elle continuera d'être malheureuse, mais au moins elle se sentira respectée.

Que lui DIRE ? La vérité ! Tu voudrais plutôt qu'elle soit une de tes amies ? Tu ne te sens pas du tout prêt à vivre une histoire d'amour ? Tu ne t'intéresses pas trop aux filles ? Pour l'instant, tu préfères tes copains et tes jeux ? Dis-lui simplement ce que tu ressens, sans en rajouter. Évite par exemple de lui demander d'aller dire à sa meilleure amie que c'est d'elle dont tu es amoureux...

Les mystères de l'amour

YAHOU, J'AI UNE CHÉRIE !

Bingo, tu as une amoureuse. On ne va pas en faire tout un plat, mais voilà quelques ingrédients pour cuisiner avec elle une histoire délicieuse.

Mon nouvel amoureux n'a pas eu honte de dire à ses copains que je suis sa copine. Pour moi c'est la preuve qu'il m'aime.
Aïcha, 13 ans

De la TENDRESSE en quantité : ne joue pas trop les durs à cuire ! Bisous, câlins, caresses, laisse-toi aller, l'amour adore les douceurs sucrées...

Une louche de CONCRET : une sortie ciné pour sa fête, un bracelet pour son anniversaire, l'amour a besoin de paroles, mais aussi d'un bouquet de saveurs concrètes.

Une dose d'INVENTION : l'amour ne rentre pas dans un moule, joue la carte du « fait maison ». Enregistre tes chansons ou écris tes poèmes pour dire à ton amoureuse que tu l'aimes. Si tu as de vrais talents de cuisinier, n'attends pas pour lui prouver.

Une pincée de PIMENT : surprends-la ! Par exemple, invite-la chez toi le week-end qui suit son anniversaire. Préviens en secret ses copines pour qu'elles viennent aussi le lui souhaiter.

Oups, ça sent le BRÛLÉ... Ton amoureuse change d'attitude avec toi ? Elle te fait souvent la tête ? Elle commence à s'intéresser à un autre garçon ? Ce sont des signaux d'alarme ! Demande-toi si tu n'es pas toi-même moins attentif à elle. Dans ce cas, dépêche-toi de te remettre aux fourneaux pour entretenir la flamme !

N'oublie pas tes potes ! Avoir une amoureuse, ça peut rendre tes copains jaloux, surtout si tu les laisses complètement tomber. C'est pire si ta copine est très possessive et ne te lâche pas les baskets. La solution ? Explique à tes amis que tu continues à être leur pote mais que tu as besoin de passer du temps avec elle. Dis à ta chérie que tu l'aimes, mais que tu as aussi besoin de voir tes amis. Au fait, as-tu au moins pensé à les faire se rencontrer ?

EMBRASSER UNE FILLE, MODE D'EMPLOI

Dans le cou, j'ai compris, mais sur la bouche, je fais comment ? Le baiser, ce n'est pas vraiment une technique. Pour embrasser, il faut surtout se laisser aller…

Tu as très envie d'EMBRASSER Lilou mais tu ne sais pas comment t'y prendre ? Tu stresses parce que tu as peur de passer pour un gros débutant. Le hic, c'est que s'entraîner devant la glace ne sert à rien (sauf à laisser des traces suspectes). Si tu veux échanger des baisers tendres, commence par te détendre !
Embrasser pour la première fois, ça se résume à **improviser**. N'y réfléchis pas trop à l'avance et fais confiance à la nature. Le baiser, c'est comme un réflexe : on sait le faire sans l'avoir appris.

Ne force JAMAIS une fille à t'embrasser. Vous êtes amoureux depuis un moment ? L'occasion de s'embrasser devrait se présenter naturellement. Cela peut prendre quelques semaines. Rien ne presse. Vous apprenez à vous connaître et vous êtes sûrement aussi timide l'un que l'autre. Pour faciliter les choses, crée des occasions de vous retrouver tous les deux. Commence par discuter avec elle, prends-lui la main. Si elle réagit plutôt bien, serre-la doucement dans tes bras et pose ta joue contre ses cheveux.

Chacun son RYTHME ! Lilou a sûrement besoin d'un peu de temps pour accepter un premier baiser dans le cou. Il faudra peut-être encore quelques jours de patience pour le premier bisou sur la bouche, mais ça finira par arriver au détour d'un câlin... Si ça se trouve, c'est elle qui prendra l'initiative de t'embrasser !

As-tu réussi ton PREMIER baiser ? Quand on s'aime, il n'y a JAMAIS de baiser raté. Même quand on se cogne un peu les dents, au contraire, c'est plutôt marrant ! Comment se servir de ses lèvres ou de langue ?
On s'en fiche, la seule technique valable, c'est :

- se laisser aller ;
- être tendre et sincère ;
- ne pas se la jouer « pro du baiser ».

J'ai 13 ans et j'ai embrassé une fille sur la bouche l'été dernier. Je me suis demandé si c'était trop tard mais sur un forum Internet j'ai vu que d'autres n'avaient toujours pas fait leur premier « smack » à 16 ans...
Loïc, 13 ans

Le premier baiser, c'était devant un film de science-fiction. On n'a pas compris grand-chose au scénario mais, en sortant, j'avais l'impression d'être sur une autre planète !
Flavien, 15 ans

Les mystères de l'amour

LA PREMIÈRE FOIS

De quoi tu me parles ? De faire l'amour ! Euh, j'aimerais bien mais je flippe un peu… « Faire l'amour ! » C'est mignon, comme expression, non ? D'accord, ça fait un peu Bisounours, mais c'est plus romantique que les grossièretés que tu as pu entendre à ce sujet.

Tu as le TEMPS !

Tu as envie de dépasser le stade « bisou-bisou » avec Lilou ? Mais tu es un peu inquiet. Tu as peut-être entendu parler des relations sexuelles en cours de SVT, mais le prof n'a pas trop expliqué « comment on fait ». Tu es tombé, par hasard, sur des scènes dénudées sur Internet ? Range ces images dans le tiroir « ciné-fiction » de ta tête. Elles n'ont rien à voir avec la réalité.

Contrairement à ce que certains peuvent penser, faire l'amour **ce n'est pas** :

- une obligation !
- une série de gestes techniques ;
- une performance à réussir ;
- un exploit qui va te permettre de te la jouer.

Une **relation réussie**, c'est plutôt :

- deux amoureux qui se sentent prêts et ont la même envie ;
- de la tendresse, de l'écoute et du respect ;
- une découverte partagée ;
- un jardin secret entre deux personnes.

Si ces conditions sont réunies,
ta première fois ne peut pas vraiment être ratée !

Une seule obligation : le préservatif ! N'attends pas la dernière minute pour te le procurer…

Rien ne presse : l'âge de la première fois est d'environ 17 ans chez les filles comme chez les garçons…

Dans la **TÊTE** des filles

> La première fois, on a fait ça dans ma chambre. Mes parents étaient partis en week-end. J'avais mis la musique préférée de ma copine. Heureusement que le MP3 était en mode *repeat* parce qu'on a mis au moins 2 heures à se déshabiller.
>
> **Valentin, 17 ans**

Patience! Lilou se pose peut-être encore plus de questions que toi. Elle ne se sent pas forcément prête. Elle peut aussi avoir un peu peur sans te l'avouer, ou craindre la réaction de ses parents s'ils l'apprenaient. Pour la rassurer, ne lui mets pas la pression. Respecte son rythme. Si vous vous aimez, les choses se feront naturellement.

Qu'attend ta chérie? Sûrement pas que tu réalises une performance et que tu sois «au top». Ne crois pas que c'est le garçon qui fait l'amour à la fille: dans l'amour, chacun donne et chacun reçoit. En fait, Lilou n'attend rien de particulier. Elle te fait simplement confiance pour partager avec toi cette expérience. La seule manière «d'assurer», c'est seulement... la tendresse, la sincérité et surtout le respect. Tu as complètement le droit d'être hésitant et un peu maladroit.

Conclusion: En cours de SVT, on parle parfois de «pénétration» du sexe du garçon dans celui de la fille. C'est vrai, c'est souvent ce qui se passe quand on fait l'amour. Pourtant il n'y a aucun mode d'emploi! Faire l'amour, c'est d'abord se donner des émotions. On peut passer des mois juste à se caresser et apprendre ainsi à partager son intimité.

Tu as déjà vu des vidéos «porno» sur Internet? Elles montrent des gens qui ont des relations seulement corporelles. On ne peut pas vraiment dire qu'ils font l'amour, car il n'y a entre eux ni respect, ni émotion, ni sensualité. En plus les femmes sont souvent maltraitées. Pour plaire à ta chérie, oublie les «films de fesses»: donne-lui plutôt de la tendresse!

UN NOUVEAU MONDE : LE COLLÈGE

PAGE 120
À
PAGE 157

Une classe, une cour, un préau, quelques arbres et un maître devant le tableau, le tour est joué : à l'école primaire, c'est assez facile de se repérer. L'arrivée au collège, c'est un sacré changement : tu fais un pas de géant vers l'adolescence. Tu obtiens de nouvelles libertés, mais tu as aussi plus de responsabilités. C'est plutôt agréable de se sentir grandir et de ne plus être pris pour un bébé, mais ce changement peut te sembler inquiétant.
Pour réussir ces nouveaux défis, tu devras d'abord apprendre à bien t'organiser. Ne t'inquiète pas, tu y parviendras : beaucoup de monde y est passé avant toi… Les pages suivantes sont autant de plans pour te guider dans le système scolaire et explorer la planète collège.

À VOS MARQUES, PRÊTS, RENTREZ !

Pour toi, être prêt pour la rentrée, c'est...

A Changer les lacets de tes baskets.

B Relire quelques cahiers, histoire de te rafraîchir la mémoire.

C Réviser et réciter toutes les leçons de ton année de CM2.

Tu penses que le collège, c'est...

A Enfin la liberté.

B Un endroit où tu auras plus de devoirs qu'avant, mais où on te donnera des responsabilités.

C Une jungle hostile dans laquelle le travail est le seul moyen de survie.

Quand tu penses au collège, tu te dis...

A Euh, le collège... je ne vois pas trop ce que c'est.

B Vivement la rentrée pour voir comment ça fait !

C Au secours, je suis trop flippé !

Avant la rentrée, j'espérais me retrouver avec des copains en 6e. Pas de chance ! Ils étaient dans d'autres classes ou dans d'autres collèges. Les premiers jours, ça m'a vraiment stressé. Heureusement, je me suis bien entendu avec Thomas qui était assis à côté de moi en classe. Il a été un de mes premiers copains au collège depuis, j'en ai plein !

Matthieu, 12 ans

TEST TEST TEST TEST TEST TEST TEST

Plus de A : Driiiiiing !
La rentrée approche, c'est l'heure de te réveiller... Tu peux encore profiter des vacances mais ne tarde pas trop à te dérouiller le cerveau. Les conseils de ce chapitre vont t'aider à atterrir en douceur...

Plus de B : Prêt !
Tu as bien fait de te préparer un peu sans oublier de te reposer et de profiter des vacances. La rentrée devrait bien se passer puisque tu n'es pas trop flippé.

Plus de C : Un peu stressé.
Ne t'inquiète pas, plus de trois millions d'élèves passent chaque année par le collège ! Continue à travailler mais ne néglige pas l'amitié et les loisirs, tu as toutes les chances d'y arriver.

EXPERT

L'entrée en sixième, c'est un grand bouleversement. Tu risques de te sentir un peu perdu. L'idéal, c'est de te trouver un « copain de rentrée » : peut-être celui ou celle qui est assis à côté de toi le premier jour. Essayez de rester ensemble dans les couloirs, c'est plus rassurant d'être à deux pour découvrir le monde du collège.

Quitterie Saint Macary, professeur de collège

PARÉ POUR L'ATTERRISSAGE...

UN NOUVEAU MONDE : LE COLLÈGE

Comment passer la fin des vacances d'été sans stresser ? Aïe, la marée se retire et ça sent la rentrée ! Pour te sentir en confiance avant ton arrivée au collège, n'attends pas le dernier jour pour la préparer.

Avant la RENTRÉE

- **Pose des questions à des collégiens** si tu en connais pour te faciliter la rentrée.

- **Repère les bâtiments avec tes parents :** le jour de la rentrée, tu n'auras pas l'impression qu'on te parachute sur une planète inconnue.

À la fin du CM2, la plupart des écoles font visiter aux élèves le collège le plus proche : ils assistent même à quelques heures de cours avec des collégiens !

- **Ton cerveau est encore en mode « jeu » ?** Il est temps de le réveiller ! Relis tes cahiers de CM2 pour te rafraîchir la mémoire et arriver au collège avec une cervelle bien musclée.

- **Retrouve ta montre** (elle est sûrement sous ton oreiller !). Si tu te couches trop tard, tu auras du mal à prendre le rythme de la rentrée...

Opération CARTABLE, choisis le bon plan

☺ **Plan A, « J'suis plus un p'tit gars » :** prépare tes affaires quelques jours avant la rentrée avec les nouveaux outils indispensables du collégien : équerre, rapporteur, compas, calculatrice, agenda... Tu n'en auras pas forcément besoin dès le premier jour mais tu seras prêt à les dégainer le jour J.

☹ **Plan B, « J'la joue bébé » :** attends la dernière minute pour préparer tes fournitures scolaires, quitte à paniquer le jour de la rentrée... Le problème, c'est que les profs n'adorent pas jouer à la nounou.

La plupart des collèges donnent aux parents des futurs élèves une liste de fournitures par matière : cahiers, crayons, équerre... En général, il n'y a pas cours le premier jour de rentrée. Le professeur principal donne des explications aux élèves sur le collège et leur remet des documents à remplir : fiche de renseignements, emploi du temps... Dans les collèges publics, des livres sont prêtés pour l'année. Dans les établissements privés, il faut les acheter. **Frédéric Piquet, professeur de collège**

LE GRAND JOUR

Un collège, c'est souvent des bâtiments gris remplis de nouvelles têtes parfois peu rassurantes. Mais avec un peu d'habitude, tu trouveras tout cela plutôt sympa.

COMMENT ça se passe ?

La rentrée commence souvent par **l'accueil des élèves**. Tu croiseras sûrement le chef d'établissement, celui qu'on appelle le principal. Tu auras peut-être l'occasion de visiter les bâtiments.

Avant, tu avais **un instituteur** unique. Au collège, c'est le grand luxe : tu auras un professeur par matière ! Français, mathématiques, histoire-géographie et éducation civique, langue vivante, sciences de la vie et de la terre, musique et arts plastiques et sport. Cela fait beaucoup de nouveaux adultes d'un coup. Heureusement, chaque classe a un professeur « principal » pour lui servir de repère. C'est lui que tu verras le jour de la rentrée.

Découvre ton **emploi du temps**. Tu recevras **un carnet de correspondance**, ou de liaison : tu dois toujours l'avoir avec toi. Il permet à tes professeurs de communiquer avec tes parents. Ces derniers doivent, par exemple, y inscrire le motif de tes absences et de tes retards.

J'ai stressé pour ma rentrée en sixième. Mes parents n'ont pas trop compris pourquoi. Ils m'ont juste dit : « Personne n'y échappe, c'est un cap à franchir. » En fait, je me suis assez vite habitué et je me suis fait des nouveaux copains. Cette année, je suis rentré en 5e sans appréhension.

Boubacar, 12 ans

Les premières semaines de rentrée, tu auras sûrement l'impression d'être un peu perdu :

- Ton collège comporte plus de passages secrets que Poudlard.
- En CM2, tu étais un grand dans la cour de récré mais depuis la rentrée, tu es redevenu petit au royaume des ados.
- Tu crains de perdre tes anciens copains et de ne pas t'en faire de nouveaux.
- Tu as beaucoup de profs, certains n'ont pas l'air d'avoir beaucoup d'humour.
- Il y a autant de cases vides dans ton emploi du temps que d'habitants sur la Lune.
- Les interros, c'est pire que la foudre, ça peut tomber n'importe quand et sur n'importe qui.

Tu as un conseil à demander ? Interroge les assistants d'éducation (les surveillants) qui gèrent la cour, la cantine et les permanences. Ils sont assez proches des élèves. Souvent, ils se laissent tutoyer. Mais attends qu'ils t'y autorisent pour le faire.

Pour te rassurer, dis-toi que les autres élèves ne sont pas forcément plus à l'aise que toi. Ensuite, les profs sont en général plus sympas avec les sixièmes. Ils savent qu'il leur faut au moins un ou deux mois pour s'adapter et trouver des repères.

EXPERT

Tous les élèves qui entrent en 6e se posent des questions, mais ils n'osent pas forcément interroger un professeur. Si tu as le courage de lever la main pour demander où se trouve la cantine, ou la vie scolaire par exemple, c'est toute la classe qui se sentira soulagée ! Interroge les adultes qui te semblent les plus accessibles.

Quitterie Saint Macary, professeur de collège

DEVIENS MAÎTRE DU TEMPS

Un des défis du collège, c'est d'apprivoiser le temps pour le faire rentrer dans un agenda. Au collège, tu ne t'en sépareras plus. Même si sa couverture est envahie par des Lapins crétins, c'est un outil plutôt malin pour t'organiser.

AGENDA, mode d'emploi

Dans un agenda, tu peux indiquer **à l'avance** les activités qui sont prévues pour chaque date de l'année. Certaines sont déjà remplies : Noël tombe encore le 25 décembre ! Ouf, ton arrivée au collège n'a pas complètement perturbé le calendrier...

À toi de compléter les autres **dates** au fur et à mesure, par exemple :

- 24 septembre : contrôle de maths (prendre équerre).
- 10 janvier : départ en classe de neige.
- 13 novembre : bibliothèque, recherches sur mythologie grecque.
- 16 novembre : session skate 17 h 30.
- 20 novembre : exposé sur les dieux grecs.
- 23 mars : anniversaire chez Téva (si je suis invité ????).

Tu rapporteras du collège
des **devoirs** à faire chez toi. L'agenda te permettra
de les programmer à l'avance pour ne pas te laisser déborder. Profite des semaines calmes pour t'avancer et alléger les semaines chargées.

Il est plus facile de déplacer 25 cailloux de 4 kg un par un, qu'un seul caillou de 100 kg. Le travail, c'est pareil : fais-en un peu chaque soir, ne le laisse pas s'accumuler et t'écraser.

L'agenda comporte aussi beaucoup d'informations utiles : le calendrier des vacances scolaires pour rêver un peu, des cartes du monde pour devenir incollable en géo, des pages libres pour écrire tes slams, tes délires, ou les petits mots de tes potes, un répertoire pour collectionner les titres de chansons...

Ne travaille pas à la dernière minute, sauf si vraiment tu décroches d'excellentes notes à tous les coups et que l'urgence ne te stresse pas.

EXPERT

Tu sors d'un cours de géographie ? Prends quelques minutes dans la même journée pour le relire. Il est important d'entretenir régulièrement ses connaissances, de rafraîchir sa mémoire des notions apprises en classe... Tu peux par exemple passer un peu de temps à examiner une carte du bassin méditerranéen, qui est au programme de 6e. **Frédéric Piquet, professeur de collège**

MISSION ORGANISATION !

Apprends à utiliser au mieux ton temps et à ne pas trop mélanger toutes tes activités. L'organisation, c'est la règle numéro 1 des champions !

Le calendrier. C'est le panorama de l'année : il te permet de savoir à l'avance ce qui est prévu, pour ne rien oublier. Affiche-le à la maison face à l'endroit où tu travailles, et remplis le au fur et à mesure avec les anniversaires de tes amis, les sorties scolaires...

L'agenda. Numérique ou sur papier, c'est le document sur lequel tu dois noter les devoirs qui sont demandés par les profs.

L'emploi du temps, l'ami des semaines sans problème. Il te permet d'écrire tous les **temps obligés** : tu peux choisir une couleur pour les repérer, par exemple colorier les heures de cours en bleu. Choisis une autre couleur pour tes **activités extrascolaires**, par exemple celles du club de tennis. Les cases restantes sont celles de ton **temps personnel** : tu dois le répartir toi-même entre les devoirs, les jeux, le sommeil...

Attention, certains collèges prévoient un découpage des cours en semaine A/semaine B. Demande au prof, au délégué ou à un copain de te réexpliquer si tu as mal compris.

Pour bien employer ton temps personnel – surtout en fin de journée à la maison, donne-toi des priorités. Priorité 1 : devoir de maths. Priorité 2 : révision d'histoire. Priorité 3 : terminer le château fort géant sur *Minecraft*.

La pause de midi permet de se remplir l'estomac et de se vider la cervelle ! Ne l'utilise pas trop pour travailler. Tu seras plus efficace si tu es reposé pour reprendre la classe l'après-midi.

Un nouveau monde : le collège

À chaque problème, une solution

Chez toi comme en classe, il te faut des conditions optimales pour te concentrer. Éteins ton PC et bascule ton téléphone portable en mode « silencieux ». Même un fond musical n'est pas très recommandé pour travailler. **Frédéric Piquet, professeur de collège**

PROBLÈME 1 : Tu as envie de jouer et tu dois faire tes devoirs ? Dommage, Mario est très habile pour conduire un kart mais il est nul en maths ! Si tu essayes en même temps de te concentrer sur tes additions et sur ton jeu, tu risques d'avoir une mauvaise note ET un score pas top.

SOLUTION : Donne un temps à chaque activité ! Pour te concentrer, évite de les mélanger. Commence par faire tes devoirs, et joue quand tu les as finis. Il est beaucoup plus efficace de faire une heure de devoirs et une demi-heure de jeu que de faire une heure et demie des deux en même temps !

PROBLÈME 2 : Tu as du mal à te concentrer ? Il y a sûrement trop de tentations à proximité… Ton avatar peut t'attendre un peu sur l'ordinateur, de toute façon il ne t'aidera pas à terminer ton exposé.

SOLUTION : Crée-toi un espace réservé à tes devoirs. L'idéal, c'est d'avoir un bureau dans ta chambre. **Évite de te faire parasiter !** Éloigne tes jeux et évite de grignoter. Si tu as besoin de calme, affiche un panneau « Silence, on bosse » sur la porte de ta chambre… Tu peux aussi t'installer sur la table de la cuisine, à condition que tu ne sois pas dérangé sans arrêt.

Un nouveau monde : le collège

TRAVAIL PERSONNEL : LES RÈGLES D'OR POUR ASSURER

Le vendredi soir, ton agenda tu examineras : tu liras l'avenir, et tu connaîtras l'organisation de la semaine prochaine.

Des priorités tu établiras : classe les devoirs que tu as à faire en fonction du temps qu'ils nécessitent. Tu peux ensuite établir la liste des priorités le vendredi soir pour la semaine suivante.

Ta semaine tu organiseras : prévois tes plages de travail. Si tu as un exposé à faire pour vendredi prochain, n'attends pas le jeudi soir pour t'y mettre : répartis le travail sur plusieurs jours.

Les matières tu alterneras : pour éviter de te lasser, tu peux varier un peu les matières sans trop t'éparpiller. Trois matières différentes par jour, c'est déjà bien. Évidemment, tout dépend aussi de ton emploi du temps de la journée.

Des pauses tu feras : 50 minutes de travail + 10 minutes de pause = 1 heure sans surchauffer les neurones !

Ton oreille tu utiliseras : c'est une porte d'entrée directe vers la mémoire. Si tu écoutes les cours pendant la journée, tu feras moins d'effort, le soir pour les mémoriser.

Les moments les plus utiles tu choisiras : tu sors d'une grosse journée suivie d'un cours de judo ? Évite d'entamer un travail trop difficile. Profite des jours moins chargés pour te lancer dans les grosses révisions.

Pendant la permanence, tu prendras de l'avance : lorsqu'un prof est absent, tu dois rejoindre une salle de travail qui est surveillée par un adulte, la salle de permanence ou salle d'étude. C'est la meilleure occasion pour avancer les devoirs de la semaine. Une fois rentré chez toi, tu auras plus de temps pour faire ce qui te plaît.

À ne pas travailler, tu apprendras ! Avec une bonne organisation, tu répartiras tes efforts. Tu auras du temps libre pour te défouler et te distraire. Heureusement, car ton cerveau a aussi besoin de se détendre pour apprendre.

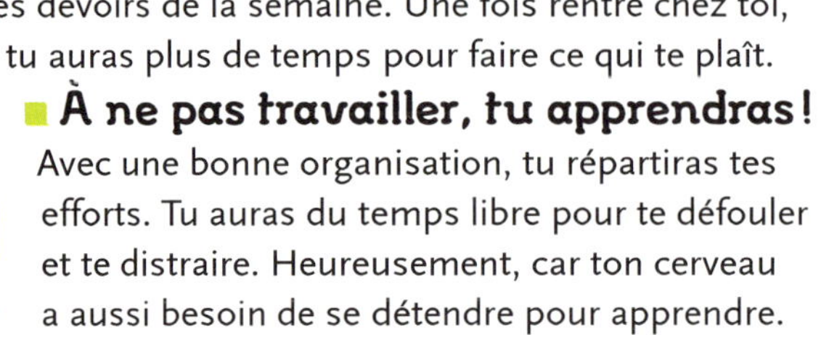

COLLÈGE : OUVRONS LE DICO !

- **CDI :** le centre de documentation et d'information. C'est une bibliothèque où tu peux te faire prêter des livres, travailler, et même te faire conseiller si tu as des documents à chercher pour faire tes devoirs.

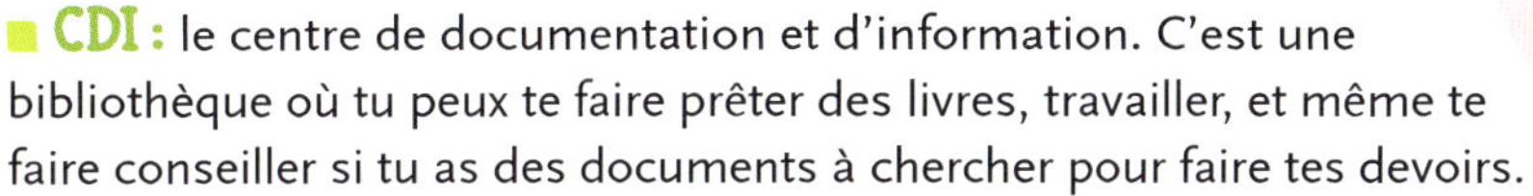

- **Colle :** c'est une punition qui consiste à devoir rester au collège pour travailler pendant que les autres s'amusent. D'ailleurs, on l'appelle aussi une « retenue ».
- **Conseil de classe :** cette réunion très importante se tient tous les trimestres avec le principal, les profs, le CPE, le COP, les délégués des élèves et ceux des parents. Elle permet de faire le point sur l'évolution du travail de chaque élève, et sur ses notes.
- **COP :** le conseiller d'orientation psychologue, c'est un grand sorcier qui peut te renseigner sur les métiers. Tu le croiseras surtout à partir de la 4ᵉ.
- **CPE :** le conseiller principal d'éducation, c'est le chef des surveillants. Si ton comportement laisse à désirer, c'est la dernière personne que tu rencontreras avant le principal.
- **EPS :** éducation physique et sportive (le sport, quoi !).
- **Permanence :** la salle de permanence ou d'étude est utilisée pour travailler entre deux cours ou lorsqu'un professeur est absent. Elle est en général surveillée par un adulte à l'œil et à l'oreille bien affûtés !
- **Pion :** c'est un petit nom qu'on donne parfois au surveillant…
- **Principal :** c'est le chef de ton collège.
- **SPC :** ce sont les sciences physiques et chimiques : tu y apprendras des tas de secrets, par exemple comment fabriquer du savon.
- **SVT :** les sciences de la vie et de la Terre permettent d'apprendre pourquoi les zèbres sont rayés.
- **Vie de classe :** ce sont des heures de classes réservées à l'expression des élèves : on peut y faire des propositions pour améliorer la vie au collège, les relations entre les élèves par exemple.
- **Vie scolaire :** c'est l'équipe qui encadre les élèves pendant le temps qu'ils ne passent pas en classe. Elle se compose principalement du CPE et des surveillants. Ils peuvent t'aider à résoudre les problèmes qui perturbent ta scolarité. Tu dois passer au bureau de la vie scolaire lorsque tu arrives en retard par exemple.

J'ai participé à une bataille d'eau dans la cour. On m'a appelé à la vie sco'. La CPE m'a fait relire le règlement intérieur et elle a noté quelque chose sur une fiche. Je me suis senti vraiment mal !
Quentin, 13 ans

Un nouveau monde : le collège

DEVOIRS COMME DEVOIR

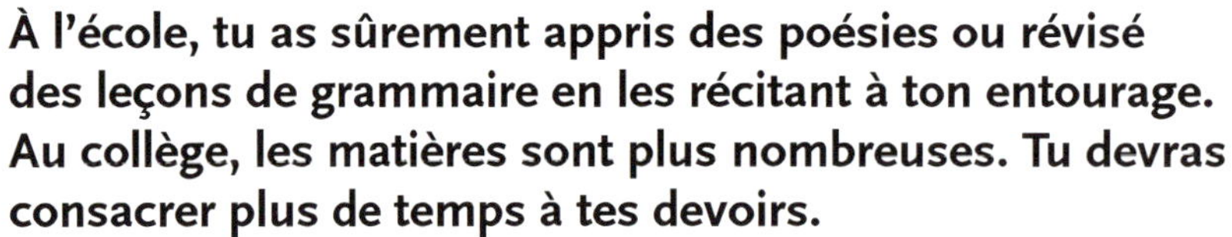

À l'école, tu as sûrement appris des poésies ou révisé des leçons de grammaire en les récitant à ton entourage. Au collège, les matières sont plus nombreuses. Tu devras consacrer plus de temps à tes devoirs.

La CONSIGNE d'abord !

Certains profs te donneront des exercices à faire chez toi. Première chose : bien comprendre la consigne. Tu penses que l'exercice est « Calculer combien de fois il y a 34 dans 3 870 », alors que Téva a noté « Combien font 34 fois 3 870 » ? Interrogez le prof, ou les bons élèves pour résoudre d'abord votre problème de compréhension…

Attention, les profs ne te tiendront pas tous la main ! Certains n'écrivent pas tous les devoirs à faire au tableau. Note bien dans ton agenda ceux qu'ils annoncent à l'oral.

EXPOSÉS : à tes dossiers !

À partir de la sixième, du devras écrire des dossiers sur certains sujets, les illustrer, et parfois les présenter en classe. Un exemple ? « Les jeux du cirque au temps des Romains ». Mets-toi dans de bonnes conditions pour entrer dans l'arène de l'exposé !

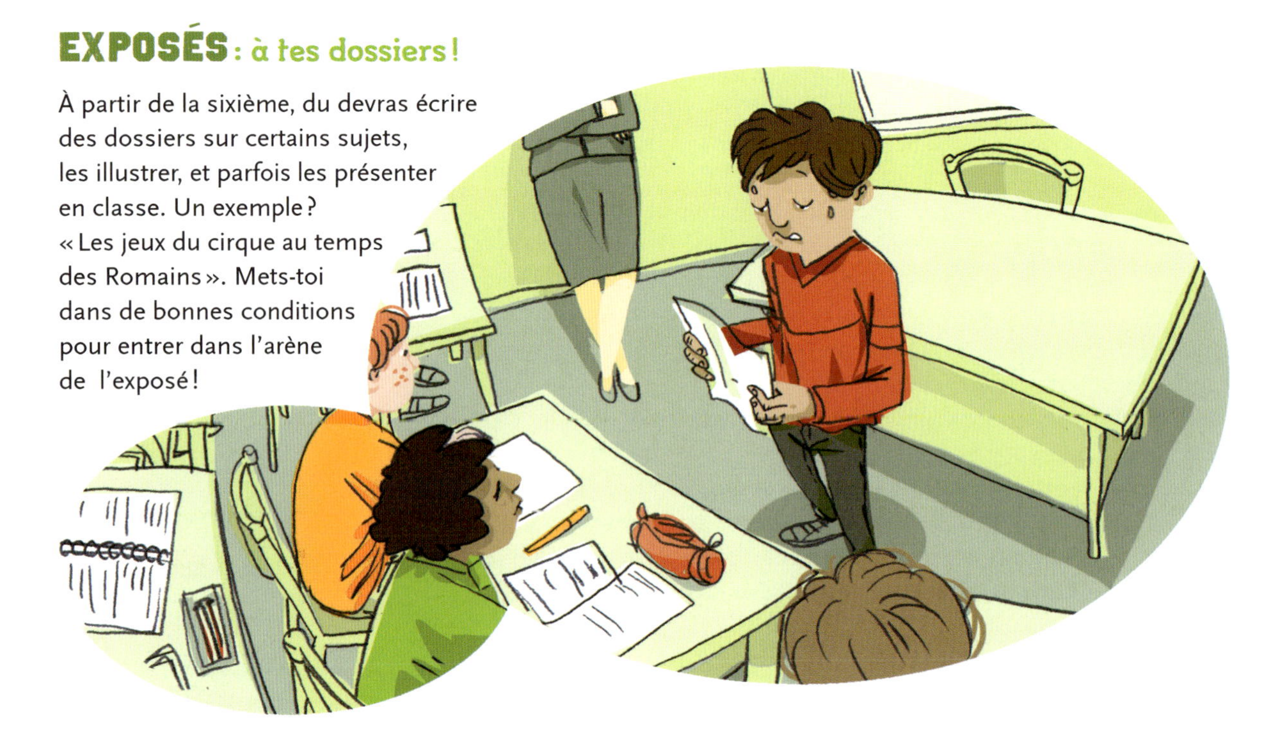

- Fais des recherches sur le sujet, sans te limiter à Internet. Les magazines et les livres sont les meilleures sources d'informations. Tu peux demander au responsable du CDI ou de la bibliothèque municipale de te conseiller pour les choisir.
- Liste tes sources d'information pour écrire une « bibliographie ».
- Construis un plan pour ton exposé. L'objectif est de répondre aux questions suivantes : qui, quoi, comment, où, comment et pourquoi ?
- Collecte des images pour illustrer ton sujet. N'oublie pas de leur donner une légende.
- Tu dois présenter ton travail devant la classe ? Répète-le avant le jour J, devant tes parents par exemple. Suis bien ton plan et parle à voix haute sans te cacher derrière ta feuille.

La dernière fois, j'ai écrit au tableau pendant mon exposé. Du coup, j'ai été gêné pour parler parce que je tournais le dos à la classe. Pourtant, je suis délégué de classe et j'ai l'habitude de m'exprimer. J'ai quand même eu 14 parce que j'avais cherché beaucoup d'informations !
Medhi, 14 ans

Un exposé, ce n'est pas un copier-coller de textes piqués sur Internet, mais un dossier que tu dois écrire avec tes propres mots. Attention, les profs aussi savent se servir d'un ordinateur et peuvent le vérifier...

L'AIDE aux devoirs

Si tu as des difficultés, pense à t'inscrire à une classe d'aide aux devoirs, qui peut être organisée dans ton collège ou par la mairie de ton lieu de résidence. Il n'y a aucune honte à y participer ! Tu y apprendras simplement à mieux t'organiser. Certaines maisons des jeunes et de la culture (MJC) proposent aussi des ateliers. Tu peux t'y faire des copains et vous pourrez vous entraider. N'hésite pas à t'adresser à ton prof principal si tu as besoin de conseils. L'aide aux devoirs n'est pas une punition, mais simplement une bouée à saisir si tu te sens un peu submergé.

Un nouveau monde : le collège

La charte du collégien

À ton arrivée au collège, tu devras sûrement signer une charte de bonne conduite. C'est une sorte de code d'honneur du collégien. Comment mettre ses règles en pratique ?

La règle : Au collège, applique les valeurs de la RÉPUBLIQUE

La réalité : la liberté, l'égalité et la fraternité, ça ne peut pas vraiment s'expliquer mais pour les pratiquer, tu es libre de choisir la formule que tu préfères, c'est égal, mon frère ! Soit tu respectes les autres – grands et petits – comme tu voudrais qu'ils te respectent. Soit tu ne leur fais pas ce que tu ne voudrais pas qu'ils te fassent. C'est égal, je te l'avais bien dit !

La règle : Le collège est un lieu d'ÉDUCATION et de vie COLLECTIVE

La réalité : attends la récré pour envoyer des textos à Moussa et concentre-toi sur le cours de géo. Tu apprendras peut-être quelque chose à propos du Congo, qui est justement le pays d'origine de la famille de ton copain ! Sauf exception, la cour est faite pour jouer et discuter, et la classe, pour travailler.

La règle : **RESPECTE** l'autorité des adultes

La réalité : contrairement à Timéo, le prof de maths n'est pas un pote. Sers-toi du « vous » et du « bonjour » avec les adultes, réserve le tutoiement et le « salut » aux copains. Si tu n'aimes pas recevoir des ordres, réfléchis deux secondes : plus vite tu obéiras, moins on te les répètera !

L'ambiance des sorties et des voyages scolaires est généralement plus cool que celle du bahut, mais n'en profite pas pour faire comme si le code de bonne conduite n'existait plus.

La règle : Respecte les **BIENS** communs

La réalité : écrire sur les bureaux ou jeter tes déchets par terre, c'est comme si tu abîmais un outil qui te permet de grandir, d'apprendre et de progresser. Le collège est un peu à toi, mais tu n'en es pas le roi.

Au collège comme dans la vie, tu dois respecter l'autorité de tous les adultes, que ce soit le personnel de service, de la restauration… Dis-toi qu'un prof qui ne t'a pas en classe cette année pourra te retrouver l'année prochaine : autant lui donner une bonne image…
Frédéric Piquet, professeur de collège

Apprends à reconnaître les nouvelles têtes que tu croiseras dans tes aventures collégiennes. Ce sont indifféremment des hommes ou des femmes.

Le chef d'établissement

On l'appelle aussi le « principal » ou le « directeur ». Ce nom résume bien ses fonctions : c'est le patron ! Il prend les décisions les plus importantes qui concernent le collège et ses élèves. À moins que tu aies de sérieux problèmes, tu le rencontreras assez rarement.

Le conseiller principal d'éducation (CPE)

Le CPE, c'est un peu le centre de la galaxie. Il connaît bien les élèves et dialogue avec les parents et les professeurs en cas de problème, par exemple si tu es trop souvent absent. Il peut aussi t'aider à sortir de certaines difficultés : organisation du travail, violence scolaire...

Le professeur principal

Chaque classe a un professeur principal pour s'occuper d'elle. Cela peut-être par exemple le prof d'histoire-géo. Il connaît la situation de chaque élève et peut en parler avec les autres professeurs. Il rencontre les parents, à leur demande ou à son initiative (oups, ça sent le roussi !). Il peut sanctionner un élève qui se fait trop remarquer dans un autre cours que le sien.

L'infirmier

Une reprise de volée au foot s'est terminée sur ton nez ? Fais-toi accompagner par un copain à l'infirmerie, au royaume du pansement et du désinfectant. L'infirmier tourne souvent sur plusieurs collèges : note bien ses demi-journées de présence.

Le documentaliste

Il cache dans sa caverne, le centre de documentation et d'information, des tonnes de grimoires et de DVD. C'est l'ami de l'exposé ! Demande-lui de te conseiller si tu as besoin d'informations pour un devoir. Il peut aussi te prêter des romans ou des BD.

Le conseiller d'orientation psychologue

Tu as envie de devenir avant-centre du PSG ? Aïe, tu n'es pas tout à fait le seul. Va voir le COP, il te donnera plein d'idées de métier en fonction de tes goûts et de ta personnalité.

L'assistant social

Il peut t'aider et te conseiller, par exemple si tu as des difficultés dans ta famille ou si tu veux parler d'un problème de violence. Sa plus grande qualité, c'est de savoir garder les secrets ou d'en parler aux bonnes personnes pour trouver des solutions.

Le surveillant

Il encadre les élèves, il fait respecter la discipline dans la cour de récré et il surveille les permanences. Pas de chance, il distribue parfois des billets de retenue et d'absence !

Personnel de cantine, de ménage, secrétaires, comptable... il faut beaucoup de cerveaux et de bras pour faire fonctionner un collège !

Un nouveau monde : le collège

DÉLÉGUÉ, TROP LA CLASSE !

En début d'année, la classe vote pour un ou deux délégués. Si tu t'en sens capable, n'hésite pas à te présenter. Les délégués de classe sont des collégiens élus par leurs camarades pour les représenter. Ces porte-parole ont une mission : dire aux professeurs et aux autres adultes du collège ce que pensent les élèves.

De vraies ÉLECTIONS

Les élections de délégués ont lieu avant les vacances de la Toussaint. Chaque élève peut voter et surtout, être candidat. Lance-toi si tu as envie de jouer un rôle utile pour tous.

- Le délégué apporte aux adultes des idées auxquelles ils n'ont pas forcément pensé tout seuls.
- Le délégué peut parler au nom de tous les élèves, surtout de ceux qui ont un peu peur de s'exprimer.

Un RÔLE important

Les délégués de classe participent à des réunions très importantes. Ils assistent au **conseil de classe**, qui se tient tous les trimestres avec les professeurs. Même si le délégué est le plus jeune participant, il a le droit de prendre la parole comme les autres membres du conseil. Il peut prendre la défense d'un élève quand les adultes discutent de ses résultats scolaires.

Sacha et Yanis ont un projet de « journée vélo » ? Morgane voudrait des menus plus équilibrés au self ? Les délégués peuvent aussi recueillir les **bonnes idées** et les proposer à la direction du collège. Tous les délégués du collège se réunissent plusieurs fois par an en assemblée pour discuter de la vie scolaire.

Le délégué fait le compte-rendu des réunions importantes aux élèves de sa classe. Si tu remplis cette mission, n'oublie pas de parler à voix haute ! Ne révèle pas certains secrets que tu as pu entendre sur tel ou tel élève.

Un nouveau monde : le collège

LE CODE DU DÉLÉGUÉ

Être un bon porte-parole, cela demande quelques qualités.

- Ouvre ta bouche quand il le faut, après avoir écouté les autres.
- Préfère le calme à la colère pour t'exprimer.
- Ne confonds pas tes opinions avec celles de la majorité.
- N'hésite pas à proposer tes bonnes idées.
- Ne sois pas un super héros, mais juste un bon délégué.

En panne d'idées ? En voici quelques-unes :

- faire une pizza-party pour payer une sortie scolaire ;
- tourner un film avec la classe ;
- organiser une journée « écolo » ;
- si tu manques vraiment d'inspiration, installe une boîte à idées dans ta classe...

J'ai été élu délégué de ma classe de quatrième. Il y a aussi une déléguée. C'était une vraie élection avec des urnes et des bulletins. Nous avons chacun un sous-délégué, et le mien est mon meilleur ami. Les élèves ont voté pour nous parce qu'ils nous font confiance pour les défendre en cas de problème, et leur annoncer les bonnes et les mauvaises nouvelles. Ce rôle demande de faire attention à tous, et surtout à ceux qu'on entend le moins.

Medhi, 14 ans

Un nouveau monde : le collège

RADIOGRAPHIE DES MATIÈRES

À quoi ÇA SERT ?

Le **français**, langue vivante à l'endroit comme en verlan : au collège, tu continueras à étudier les règles de français, à analyser la construction des phrases et des textes. Tu enrichiras ton vocabulaire. Le français, c'est utile pour tout : lire des travaux scientifiques sur les baleines, écrire des morceaux de rap, comprendre l'actualité sur Internet et les subtilités de tes BD préférées...

Les **mathématiques**, c'est pratique : tu développeras ta logique, tu apprendras à résoudre des problèmes et tu feras connaissance avec la géométrie. Les maths ne servent pas seulement à torturer les esprits. Elles sont aussi une sorte de caisse à outils virtuelle : c'est grâce à elles qu'on peut faire voler les avions ou projeter des films en 3D.

Les **langues**, un passeport pour le monde entier : tu devras choisir en sixième une première langue à apprendre : anglais, chinois, espagnol, arabe, allemand... la liste est longue mais dépend du collège dans lequel tu es inscrit. Plus tard, tu pourras apprendre une langue ancienne comme le latin ou le grec, et surtout une seconde langue vivante. Prépare-toi à voyager et à communiquer avec le monde entier !

Certains collèges proposent d'apprendre des langues régionales, comme l'occitan, le basque ou le breton, mais il te faut habiter la région dans laquelle cette langue est parlée. Impossible d'apprendre l'alsacien à Marseille !

Histoire-géographie-éducation civique, deviens citoyen : l'histoire-géo, c'est une machine à explorer le monde à travers le temps et dans l'espace. En sixième, tu découvriras les mystères de l'Orient, les civilisations grecque et romaine, et l'émergence des grandes religions. Ces apprentissages te permettront de devenir un citoyen du monde.

Sciences de la vie et de la Terre, comprends la nature qui t'entoure : en SVT, tu comprendras le fonctionnement du corps, de la Terre, etc. Tu sauras tout, de l'alimentation des humains au système radar des chauves-souris.

Physique-chimie : de la sorcellerie ? Le collège sera l'occasion de découvrir des phénomènes passionnants et de faire des expériences étonnantes. Tu devras aussi beaucoup utiliser ta logique pour comprendre comment fonctionnent l'électricité, la lumière ou la gravitation.

Technologie : comprendre « comment ça marche ». Cette matière permet de savoir comment sont fabriqués les objets techniques, par exemple une voiture, ou une maison. Une bonne matière pour se coucher un peu moins bête...

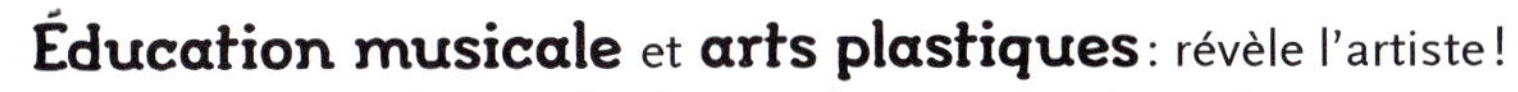

Éducation musicale et **arts plastiques** : révèle l'artiste ! C'est l'occasion d'approfondir ta culture, en étudiant des œuvres artistiques. Ces matières sont un vrai terrain d'expression pour révéler tes penchants de peintre ou de musicien. Attention quand même, certains profs n'apprécient pas vraiment les talents comiques !

Le **sport** : bon pour le corps, cool pour l'esprit ! Au collège, tu pratiqueras de nombreuses activités sportives : lancer de javelot, natation, rugby, handball... En fonction de ton lieu de résidence, tu pourras skier ou faire de l'escalade ! Le sport, c'est aussi une manière de prendre confiance en toi, et d'aider ton corps à accomplir les transformations de la puberté.

Informatique et **Internet** : inutile de te faire un dessin ! Essaye quand même de ne pas trop montrer à ton prof que tu en sais plus que lui !

DOMPTER LE STRESS

La couleur de ton visage se rapproche de celle d'une tomate quand un prof t'interroge ? Tu as une boule dans le ventre le matin de la rentrée ? L'origine de ces phénomènes tient en six lettres : STRESS ! Tout le monde y est confronté, même les animaux et les plantes vertes ! Pourtant, quand le stress te tombe dessus, tu as l'impression d'être seul au monde.

Signaux d'ALERTE

Le stress peut prendre **plusieurs formes**. Tu es souvent agressif, tu as des difficultés à te concentrer, ton sommeil est agité ? Tu es peut-être trop stressé. Certains signes du stress sont étranges, par exemple se faire craquer les doigts sans arrêt ou se ronger les ongles.

Chaque personne **résiste** plus ou moins bien au stress. Cette sensation ne dure parfois que cinq horribles minutes, lorsque tu es confronté à une situation inattendue. Mais elle peut aussi te gâcher la vie de tous les jours, si par exemple tu te sens écrasé par les exigences de tes parents et celles de tes professeurs, et que tu as l'impression de ne jamais pouvoir respirer.

Un point commun entre l'éléphant, la fourmi et nous ! Le stress est un phénomène si naturel qu'on le retrouve aussi chez les éléphants ou les fourmis ! Il permet au **corps** de s'adapter à une situation d'urgence, d'être plus réactif, de mieux résister à la douleur. C'est le stress qui, par exemple, permet à la gazelle de courir à 100 km/h lorsqu'elle est poursuivie par un guépard. Chez nous les humains, le stress permet aussi d'augmenter les capacités physiques et mentales. Si le cœur s'accélère, c'est pour apporter plus de sang aux muscles et au cerveau, et les préparer à réagir à une situation difficile.

Emmener des dizaines de passagers avec soi dans un avion de ligne, ça peut être stressant, surtout quand les choses ne se passent pas comme prévu. Nous, les pilotes, nous nous entraînons à faire face aux situations les plus complexes en nous préparant à tout ce qui peut nous arriver pendant le vol. Pour cela, nous utilisons souvent des simulateurs, ou parfois tout simplement une bonne préparation mentale. Grâce à ces méthodes, nous sommes habitués à affronter les événements imprévus. Notre niveau de stress en vol est alors juste ce qu'il faut pour nous maintenir dans un bon état de vigilance sans être bloqué par la peur. **Charles Bazaille, pilote**

Plutôt cool ou plutôt stress ?

1 Je passe une heure à zapper sur les 111 chaînes de la télé pour trouver un reportage animalier, ça m'aidera sûrement à faire avancer mon exercice de SVT.

2 Je me sens beaucoup moins stressé quand je me suis défoulé dehors, en tapant quelques penaltys.

3 Je débarque en classe sans avoir fait mes devoirs, c'est la garantie d'une journée paisible.

4 Je m'énerve jusqu'à minuit pour passer un niveau de *Rayman*, ça me mettra de bonne humeur demain au réveil.

5 Je n'attends pas la dernière minute pour faire ce qu'on m'a demandé, je m'organise un peu à l'avance pour éviter qu'on me répète 100 fois les choses.

6 Je ne mange que des frites à la mayonnaise, c'est le meilleur carburant pour garder un bon équilibre.

7 Je parle de mes difficultés à mon entourage, ça m'aide à les surmonter.

Le stress, un SUPERPOUVOIR ?

Si tu penses que 1, 3, 4 et 6 sont les bonnes réponses, c'est que tu as beaucoup d'humour ! Tu as sans doute remarqué tout seul que, pour réduire le stress de tous les jours, il était préférable de **s'organiser**, de **s'aérer**, de **dormir** et de **s'alimenter** correctement. D'accord, c'est hyper important de terminer la dernière planète d'*Angry Birds*, mais reconnais que ça peut attendre un peu. Et tu as sûrement constaté qu'il était encore plus agréable de jouer quand tu avais terminé de préparer ton interro pour le lendemain. Logiquement, tes parents et tes profs devraient aussi te mettre un peu moins la pression s'ils voient que tu n'attends pas la dernière minute pour t'organiser.

Urgence : je gère mon stress

Voilà deux ou trois astuces pour gérer les montées de stress inattendues, par exemple un passage surprise au tableau :

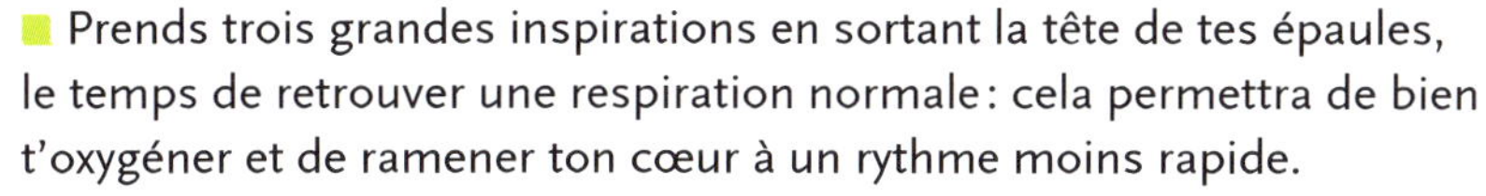

- Prends trois grandes inspirations en sortant la tête de tes épaules, le temps de retrouver une respiration normale : cela permettra de bien t'oxygéner et de ramener ton cœur à un rythme moins rapide.
- Pense très fort que cette situation ne va pas durer et que tu as autant de chances qu'un autre de bien t'en tirer.
- Essaye de repérer les situations stressantes à l'avance, soit pour les éviter, soit pour préparer ta défense !
- Si tu as l'impression d'être stressé en permanence, parles-en à un adulte à qui tu fais confiance, un parent, un médecin ou un professeur par exemple.

En général, ce n'est pas très difficile de réduire le stress et d'en faire un allié. Rappelle-toi la gazelle qui échappe aux griffes du prédateur : la petite dose d'adrénaline qui te restera te permettra, à toi aussi, de mieux te concentrer pour réussir un devoir ou une performance sportive. Tu auras alors apprivoisé le stress pour l'utiliser comme un superpouvoir.

À partir de la sixième, tu devras t'exprimer de plus en plus à l'oral. Le prof peut te demander de présenter un bilan de ce qu'il a expliqué : par exemple, de décrire un littoral touristique à partir d'une photo en géographie, ou de raconter ta visite à travers Rome au IIe siècle en histoire… L'oral est aussi indispensable pour pratiquer une langue vivante ; pour être vraiment à l'aise, pratique-le tous les jours. Lis des textes à voix haute, cela te permettra de t'habituer à parler devant la classe. N'hésite pas à répondre aux questions du prof. À force de pratiquer, tu seras moins stressé de prendre la parole. **Frédéric Piquet, professeur de collège**

Un nouveau monde : le collège

INSULTES ET MOQUERIES : STRATÉGIES

Tu es victime de moqueries répétées ? Tu dois continuer à te faire confiance pour essayer de déjouer la tactique des moqueurs, car ils essayent justement de te déstabiliser pour se mettre en valeur devant les autres. Voilà quelques stratégies.

Joue l'INDIFFÉRENCE. Le but des moqueurs, c'est de te déstabiliser. Le mieux, c'est souvent de ne pas réagir pour leur montrer que leurs mots sont trop faibles pour te faire perdre confiance. Même si tu te sens atteint et que tu es au bord des larmes, fais comme si tu n'avais rien entendu. Essaie de ne pas craquer ! Si tu tiens le coup quelques semaines, ils finiront sûrement par se lasser.

Si les insultes de la cour de récré te poursuivent sur Facebook, va faire un tour à l'adresse suivante : **www.facebook.com/safety/** (rubrique « adolescents »). Tu pourras signaler des propos abusifs, et demander à bloquer les comptes de tes agresseurs.

Joue la réplique IRONIQUE. On te dit que tu es bête ? Réponds par exemple : « Merci, je sens que tu vas m'aider à progresser. » On te traite de débile ? Pense à répliquer par une petite phrase absurde comme : « Merci, toi aussi. » ; ça a tendance à faire perdre leur aplomb aux plus fortes têtes. On se moque de toi parce que tu es gros ? Réponds : « Au moins, ça peut s'arranger... Par contre, j'espère pour toi que tu n'es pas débile à vie ! »

SORS de l'isolement ! Si les moqueurs sont physiquement violents ou si les moqueries se répètent sans arrêt, n'attends pas :

- confie-toi à un adulte de confiance, par exemple ton prof principal ou un parent ;
- téléphone au numéro gratuit « Stop harcèlement », le 0808 80 70 10.

Tu es témoin de harcèlement ?

Les moqueries au collège sont malheureusement inévitables. Mais si ces violences verbales et/ou physiques se répètent toujours contre une seule personne, c'est du harcèlement qui peut être puni par la loi.

Le harcèlement et le racket sont des infractions : à partir de 13 ans, un élève ou ses parents peuvent avoir à répondre d'un tel comportement devant la justice.

Ce que tu dois FAIRE

William est la cible des moqueries répétées des autres ? Il se fait bousculer sans arrêt. Evite de bêler avec les autres moutons : rire des moqueries des autres, c'est participer.

Ne renforce pas son **isolement**. Imagine, si la classe changeait de cible et que tu devenais le bouffon à la place de William ? Tu serais content qu'il te soutienne, même silencieusement. Essaie de l'aider en lui parlant quand il n'y a pas trop de monde autour. S'il va vraiment mal, conseille-lui d'en parler à un adulte de confiance, et de consulter le site internet http://www.agircontreleharcelementalecole.gouv.fr/. Tu peux aussi appeler le service gratuit « Stop harcèlement » au 0808 80 70 10.

Si tu reçois par **Internet** des photos ou des messages humiliants pour William, ne les fais pas circuler : brise la chaîne de la haine !

C'est **toi qui te moques** tout le temps des autres ? Relis ces deux pages comme si tu étais du côté de tes victimes. Si ça ne te fait toujours rien, j'espère que les autres ne découvriront pas trop vite que tu es moins malin que tu en as l'air... ils pourraient se moquer de toi.

EXPERT

1 élève sur 10 environ est harcelé. Si tu es victime de harcèlement au collège, sur les réseaux sociaux, par texto... Ne t'installe pas dans le rôle de victime, parles-en ! Tu peux t'adresser aux délégués de la classe, directement au prof principal après un cours, à un surveillant, au CPE... mais aussi à tes parents. Se sentir en sécurité, c'est un droit fondamental de l'élève mais aussi du citoyen.

Frédéric Piquet, professeur de collège

Un nouveau monde : le collège

JE SUIS PREMIER DE LA CLASSE

Être premier de la classe, c'est plutôt valorisant mais cela n'a pas que des avantages ! Être premier sans trop avoir la pression, c'est l'idéal ! Alors explique à tes parents que tu as besoin de t'amuser pour te sentir à l'aise et détendu avant de travailler.

> J'ai été souvent premier, mais je n'ai jamais été trop embêté par les autres parce que j'étais bien copain avec le dernier...
> **Léo, 13 ans**

Tu te sens EXCLU ?

Surtout, n'arrête pas de travailler pour ressembler aux autres. Essaye plutôt de changer ton image « d'intello » !

- Évite de faire « **celui qui sait tout** sur tout ». Les autres peuvent le prendre comme du mépris. Si certaines questions te paraissent évidentes, laisse-les répondre même si tu aimerais le faire.

- Un prof te prend vraiment pour son **chouchou** ? Explique-lui que cela te pose un problème qu'il te cite toujours en exemple quand il rend les notes, ou qu'il t'invite sans arrêt au tableau.

- Propose ton **aide** à ceux qui ont des difficultés, sans jouer au prof. Demande conseil aux autres si tu n'as pas bien compris un exercice ou une leçon.

- Tu as la position idéale pour **défendre les autres**. Tu peux t'adresser aux adultes du collège pour signaler qu'un élève a été victime d'une injustice. Essaye de mettre ton intelligence au service de tous, et pas seulement de ton bulletin de notes.

Je suis le premier des derniers !

Bon, d'accord, cette blague est nulle. Mais toi, tu ne l'es pas ! En suivant ces conseils, tu vas t'améliorer.

Tu n'es pas **NUL** !

Avoir 6 de moyenne, cela ne veut pas dire que tu « vaux » 6 sur 20 ! Contrairement à une idée reçue, les notes ne mesurent pas l'intelligence. Elles sont faites pour vérifier que tu as bien appris et compris une leçon, et que tu sais la restituer.

Ton objectif : **PROGRESSER** !

Tu as 6 de moyenne ? Essaye de gagner un point et demi par trimestre, et de viser 10 pour la fin d'année. Ton but est de progresser, pas d'arriver dans les premiers. Les profs et tes parents seront très satisfaits de voir que tu t'améliores. Ce sera aussi très motivant pour toi.

Si tu ne travailles pas suffisamment, fais tes devoirs avant de jouer. Pour retenir une leçon sans y passer des heures, il faut se concentrer : éloigne les jeux et les jouets à au moins 4 mètres de tes cahiers. Tu seras encore plus content de les retrouver après. C'est bien plus cool de finir un roman policier ou un niveau d'*Angry Birds Space* sans prise de tête avec les parents.

À la fin d'un chapitre, le professeur rappelle généralement les points les plus importants. Il les inscrit parfois sur une fiche de révision ou d'objectifs. Les livres scolaires comportent souvent un bilan à la fin des chapitres, avec des mots clés, des exercices de révision… Utilise toutes ces informations pour préparer les contrôles : pour progresser il n'y a pas de secret, il faut y passer du temps. **Frédéric Piquet, professeur de collège**

AU SECOURS, JE REDOUBLE

Redoubler, c'est difficile à digérer. Tu peux avoir l'impression d'être un incapable, et d'avoir été puni. Tu te retrouves avec des plus jeunes et tu ne vois plus tes vrais potes de l'an dernier qu'à la récré. Pour tout arranger, tes parents n'ont pas vraiment apprécié la nouvelle de ton redoublement…

DÉDRAMATISE !

Le redoublement, ce n'est ni une honte, ni une catastrophe interplanétaire, ni une maladie, ni une sanction, ni une preuve de débilité !

REMOTIVE-toi !

Ce n'est pas facile, car tu peux en vouloir à certains profs ou avoir l'impression d'être allergique à l'école. Le pire, c'est lorsque certains adultes te disent que tu as redoublé « pour ton bien »… Oublie ce genre de commentaire et dis-toi seulement que tu as une longueur d'avance, puisque tu connais déjà le programme de l'année. Ta motivation reviendra quand tes notes commenceront à s'améliorer.

Redouble de QUALITÉS !

Consacre plus de temps que l'an dernier à travailler tes matières faibles : comme tu les as déjà vues, elles seront plus faciles à comprendre. Celles que tu maîtrises mieux te seront très utiles pour monter ta moyenne générale.

CHANGE ta manière de travailler.

Améliore ton organisation en demandant à Sacha : « Tu peux attendre que j'ai fini mes devoirs pour passer à la maison ? » Pour rassurer tes parents, invite Thibault l'intello cool de temps en temps pour t'aider à comprendre tes exercices de maths, avant de le défier sur la pelouse de *Fifa 14*.

BOOSTE TON INTELLIGENCE

Ces petits travaux à faire tous les jours ne sont pas notés, mais ils te permettront d'améliorer tes résultats.

Exercice numéro 1 : ne désespère jamais ! Si tes parents tombent dans les pommes chaque fois qu'ils ouvrent ton carnet de notes, ne t'énerve pas à ton tour : dis-leur juste que tu essaies de t'améliorer. Bientôt, tu vas le leur prouver.

Ne relâche pas tes efforts, ils vont finir par payer !

Exercice numéro 2 : choisis des priorités. N'attaque pas tous les problèmes en même temps, commence par essayer de t'améliorer dans une ou deux matières où tu as du mal, en continuant à assurer là où tu t'en sors à peu près.

Exercice numéro 3 : fais-toi conseiller. Un adulte, une grande sœur, un copain peuvent t'aider. Demande-leur de t'expliquer ce que tu n'as pas compris, mais pas de faire les exercices à ta place. Inscris-toi à l'aide aux devoirs dans ton collège ou dans une MJC de ton quartier.

Exercice numéro 4 : change ta façon de travailler. Si tu travailles déjà beaucoup et que tes résultats ne suivent pas, demande conseil à ton prof préféré ou à un copain qui a de bonnes notes : ils te donneront des méthodes pour être plus efficace.

Il est difficile de faire face à ses échecs, mais il est important que tu comprennes pourquoi les professeurs ont conseillé le redoublement. Qu'est-ce qui n'a pas été ? Le travail à la maison ? Les lacunes qui s'accumulent ? La compréhension en classe ? Le manque d'envie ? Des problèmes personnels ? Tu peux en parler avec ton professeur principal, tes parents, le conseiller d'orientation. L'essentiel, c'est de repartir sur de bonnes bases et de savoir où tu devras produire tes efforts.
Frédéric Piquet, professeur de collège

LES BONS PLANS POUR RÉUSSIR

Utilise tes QUALITÉS : tu peux tracer la médiatrice d'un segment les yeux fermés, ou diviser 125 par 5 plus vite qu'une calculette ? N'hésite pas à parcourir les leçons d'après pour commencer à les comprendre. En tout cas, ne te repose pas trop sur tes qualités ! Toi qui es fort en maths, tu sais ce que c'est qu'une moyenne : si tu améliores encore tes notes là où tu as des facilités, tu compenseras les faiblesses sur d'autres matières.

Ne joue pas trop la FACILITÉ !
Travaille tes faiblesses. Si tu as du mal à obtenir la moyenne en français, va à l'essentiel : n'y a-t-il pas une ou deux règles de base que tu as mal comprises ? Relire quelques leçons sur lesquelles tu es passé un peu vite. Cela te coûtera une heure tout de suite, mais tu gagneras vraiment du temps quand tu feras tes prochains exercices.

Le PLAISIR, c'est efficace !
Tu peux lire des romans passionnants qui, en plus, te permettent d'enrichir ton vocabulaire. Programme une partie de foot régulière avec tes copains avec échauffement d'une demi-heure. Bientôt, tes performances en course à pied surprendront le prof d'EPS.

Tes erreurs sont des ÉTAPES, pas des échecs :

se tromper, c'est apprendre. C'est bien dit, non ? Il n'y a pas grand-chose à ajouter !

Mesure tes PROGRÈS :

fais le point régulièrement sur tes résultats. Si les graphiques t'amusent, reporte tes notes toutes les trois semaines sur un papier. Relie les points et affiche ce graphique devant ton bureau. Tu verras la courbe progresser. Si tes notes diminuent, tu as deux solutions pour les faire remonter : scotche la feuille du graphique à l'envers ou relis cette page depuis le début !

Les devoirs de VACANCES ?

Si tu ne peux vraiment pas t'en passer, emmène tes cahiers. Mais si tu n'as pas envie de travailler, tu as raison aussi : les vacances, c'est d'abord fait pour se reposer ! Tu peux quand même relire tes matières les plus faibles quelques jours avant la rentrée. Si tes parents te mettent une pression d'enfer pour travailler, essaye de négocier pour signer un contrat : « Je travaille de 9 heures à 10 heures du 8 au 18 juillet. Ensuite, stop les cahiers ! Plage toute la journée. » Une fois que tu auras respecté le contrat, ils ne pourront plus rien dire ! Dis-toi que tu n'es pas le seul condamné : deux enfants sur trois font des devoirs pendant l'été...

Je me demande si mes parents savent vraiment ce que veut dire le mot « vacances ». Il faut toujours qu'ils emmènent un cahier pour me faire travailler. L'été dernier, je leur ai dit que je préférais relire mes cours de maths et de français juste avant la rentrée : ils ont fini par accepter.
Quentin, 13 ans

Le plus efficace, en vacances, ce sont les exercices de maths. Pour le français, joue la carte lecture : dévore quelques romans, tu deviendras un pro en littérature sans quitter tes tongs !

Pas envie d'aller à l'école ?

Tu as mal au ventre le matin, et c'est de plus en plus difficile de te lever. Debout quand même, c'est l'heure de se remotiver.

Marre de l'école ! Ce n'est pas facile de devoir se lever tous les jours pour travailler. Certains jours, c'est vraiment la galère, surtout lorsque les notes et les potes ne sont pas au rendez-vous. C'est normal d'avoir des coups de mou ! Tenir toute une année au rythme d'une formule 1 et se lever tous les matins très tôt, c'est épuisant.

Ne vois pas tout en noir ! Fais la liste des points qui ne vont pas et, chaque fois, trouve leur contraire.

- Le prof de SVT est encore moins sympathique avec toi que Rogue avec Harry Potter, MAIS le prof de maths n'arrête pas de t'encourager.
- Tes notes d'histoire frisent le désespoir, MAIS en sport tu es le plus fort.
- Ton amie Téva ne te parle plus, MAIS tu as redécouvert ton pote Baï sous un nouveau jour.
- Tu n'as plus envie de te lever le matin, MAIS les vacances c'est dans deux semaines.

Explore de nouvelles possibilités.

Dans ton collège, il y a peut-être un club de photo ou de jeux de plateau ? Tu pourrais faire entendre tes talents de guitariste et avoir du succès… aux échecs.

Certains parents donnent de l'argent de poche en récompense des bonnes notes. Moi je ne suis pas trop pour. Pourtant, si mes parents faisaient ça avec moi, je serais très riche ! Quand j'ai des bons résultats, je préfère qu'ils me laissent plus de temps pour jouer aux *Sims*®

Medhi, 14 ans.

Participe aux activités et aux sorties extrascolaires.

C'est super pour se faire de nouveaux amis et c'est aussi l'occasion de découvrir la face cachée des profs : si ça se trouve, « Rogue le zombie » est vraiment un dingue de SVT : surf, vitesse, technique !

Si le malaise persiste, parles-en à tes parents, à ton professeur principal ou à une autre personne de ta liste de confiance. Dis-leur que malgré tous tes efforts, tu n'arrives pas à te remotiver. En discutant avec eux, tu arriveras sûrement à trouver pourquoi ça ne va pas.

¿ DO YOU SPRECHEN BUONO ESPAÑOL ?

La recette internationale pour devenir bilingue en mélangeant le travail, la pratique et les jeux.

Tu penses qu'on peut apprendre une langue simplement en écoutant des MP3 ? Qu'il n'est pas sorcier de mémoriser les verbes irréguliers anglais en lisant *Harry Potter* en entier ? Le hic, c'est que ton cerveau a besoin de travailler et de pratiquer ! Mais tu n'as pas complètement tort : la mémoire aime bien s'amuser.

Construis-toi de bonnes bases. Écoute les explications du prof. À la maison, relis ses cours à voix haute pour améliorer ta prononciation. Les leçons du collège sont utiles : elles te serviront un jour pour voyager en Australie, avoir des amis au Japon ou peut-être pour travailler en Afrique. L'écoute d'une langue est très importante, même si tu es tordu de rire en voyant le prof d'allemand porter des chaussettes blanches dans ses sandales de soldat romain. Après tout, tu dois apprivoiser seulement son accent. Tu n'es pas obligé d'adopter son style de vêtements.

Toutes les occasions sont bonnes pour pratiquer.

Ton frère te casse les pieds ? Dis-lui « I'm going bananas ! » en anglais avant de lui fermer la porte au nez. Tu peux aussi profiter des vacances pour faire des séjours linguistiques dans d'autres pays.
Un truc génial, c'est d'avoir un « correspondant » : c'est un élève d'un autre pays qui peut venir chez toi, ou chez qui tu peux aller. Renseigne-toi au collège, il y a sûrement un programme d'échange auquel tu pourrais participer. Sur Internet, tu peux aussi correspondre et échanger : visite par exemple le site Studentoftheworld avec tes parents.

Certains jeux vidéo peuvent être réglés pour « parler » anglais ou d'autres langues !

S'amuser, c'est essentiel pour apprendre. Passe-ton film préféré sur DVD en mode VO (version originale) et avec les sous-titres en français. Comme Messi, ton avant-centre préféré, écoute des MP3 de Delahoja : repère les mots d'espagnol que tu connais déjà ; bientôt, tu comprendras l'essentiel des paroles.
Si tu as l'âme d'un champion, améliore ton chrono en anglais sur le site internet **http://quizz.thebigchallenge.com/**.

Sur le site **http://learnenglishkids.britishcouncil.org** (rubrique « make/story maker »), tu peux inventer tes propres scénarios avec des zombies ou des soucoupes volantes : ils se transformeront en romans écrits en anglais que tu pourras imprimer.

Tu as suivi tous ces conseils ? *You have cut the mustard !* Cette expression anglaise signifie « Tu as fait ce qu'il fallait faire. » Bon, d'accord, si on la traduit mot à mot, ça donne « Tu as coupé la moutarde » !!! Vraiment zarbi, la gastronomie britannique...

NON C'EST NON !

Le mot « non » est un des plus courts de la langue française, mais c'est parfois un des plus difficiles à prononcer. Pourtant, avoir le courage de dire « non », c'est se respecter soi-même et se faire respecter.

Un adulte cherche à toucher les parties secrètes de ton corps : même si tu le connais, ou s'il connaît tes parents, dis non et va-t'en ! Ton corps est à toi, personne n'a le droit de le toucher sans ta permission.

Des copains te proposent un jeu bizarre, comme respirer très fort pour avoir la tête qui tourne, rester longtemps en apnée ou s'étrangler avec un foulard ? Ne relève pas le défi et préviens tes potes : ce n'est pas un jeu, mais un danger qui peut être mortel ou les rendre handicapés.

Si tu flaires un danger, imite le loup : mets tes sens en éveil et prépare-toi à partir avant que ça dégénère... Dans la nature, le loup s'enfuit souvent, mais il ne passe jamais pour un lâche !

Non à la violence : dans certains cas, la violence est facile à reconnaître. Quand Yanis tape sur William, c'est de la violence. Si tu sens qu'une bagarre va se déclencher, préviens vite un adulte pour qu'il joue les arbitres et sépare les rivaux. Il y a sûrement un médiateur à proximité, il sait comment faire pour éviter que la situation dégénère.

Racisme, harcèlement, manque de respect... apprends à éviter la violence qui se cache dans les paroles, les comportements, et même dans les silences. Appeler Chan « Sushi » parce qu'elle est japonaise, refuser de parler à un nouvel élève, faire sans arrêt du bruit pour gêner le prof de musique, c'est... de la violence.

Un nouveau monde : le collège

CASSER LA LOI DU SILENCE

Tu es victime de violence ? Tu te sens harcelé par d'autres élèves ? Tu penses avoir été agressé sexuellement par un adulte qui a eu des comportements bizarres avec toi ? Même si on te menace, même si on te traite de balance, crève le silence. Parle à un adulte de confiance. S'il ne t'écoute pas, insiste et n'abandonne jamais. Dire les choses, ce n'est pas « balancer ». Tu trouveras bien un adulte qui acceptera de t'aider.

Tu es témoin de violence ?
Si tu sais qu'un autre élève se fait racketter et n'ose rien dire, essaye de le convaincre d'en parler. Sinon, même si c'est dur, prends la responsabilité de le dire à un adulte de confiance : dans ce cas, parler n'est pas « cafter » mais « aider ».

Si tu as peur de la violence mais que tu n'en es pas directement victime, parles-en quand même à ton entourage : discuter, ça soulage. Tu as vu certaines scènes choquantes sur Internet ou à la télé ? Tu n'arrêtes pas d'y penser ? N'aies aucune honte à en parler à un adulte de confiance. Il pourra sans doute te rassurer. D'accord, le monde est assez cruel, mais il n'est pas fait que de brutalité ! Il y a des milliers de choses géniales à faire et de gens sympas à rencontrer : seulement, les journaux et la télé oublient d'en parler...

Pour agir contre la violence, tu peux proposer à ton prof principal ou à ton délégué de classe d'inviter en classe un spécialiste pour en parler.

Planète famille

PLANÈTE FAMILLE

PAGE 160
À
PAGE 181

La famille, c'est une planète à part. Les parents y règnent sans vraiment partager le pouvoir. Elle est peuplée de créatures plus ou moins faciles à supporter : des sœurs, des frères, et parfois même les enfants du premier mariage de papa ou de maman.
La famille, c'est une petite société. On y vit ensemble sans forcément être toujours d'accord. Chacun doit avoir la part de liberté qui lui revient, en fonction de son âge et de son expérience. Ce livre ne comporte pas de formule miracle pour rendre ta famille parfaite : aucune ne l'est ! Tu liras plutôt dans ces pages des idées pratiques pour trouver une place à peu près confortable sur la planète familiale…

Le jeu des 9 familles

C'est quoi, une famille ? La réponse n'est pas aussi simple qu'elle en a l'air. Reconnaîtras-tu la tienne ? Tu penses que la famille, c'est un papa, une maman, avec un ou plusieurs enfants ? C'est le modèle le plus répandu, d'accord, mais il en existe au moins 9 sortes.

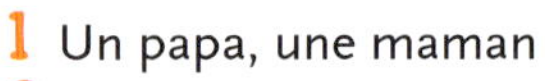

1 Un papa, une maman
2 Un papa tout seul
3 Une maman toute seule
4 Un papa qui vit dans un nouveau couple et une maman qui vit seule
5 Une maman qui vit dans un nouveau couple et un papa qui vit seul
6 Un papa et une maman qui vivent seuls chacun de leur côté
7 Un papa et une maman séparés, qui vivent chacun dans un nouveau couple
8 Deux papas
9 Deux mamans

La famille 1, c'est le modèle « traditionnel ».

En France, 2,2 millions d'enfants de moins de 18 ans vivent au sein d'une **famille 2 ou 3**. C'est le modèle « monoparental ».

Les familles 4, 5, 6, 7, sont des familles « recomposées », il y en a environ 600 000. Si tu vis dans ce genre de famille, 1,2 million d'autres enfants sont dans ton cas.

Les familles 8 et 9, ce sont celles dont les parents sont homosexuels. Elles ont vécu un peu cachées pendant longtemps. On estime que sur 100 000 couples homosexuels environ en France, 1 sur 10 vivrait avec un enfant. Grâce à la loi qui a créé le mariage pour tous en 2013, les parents homosexuels ont le droit de se marier.

J'adore mes parents mais j'ai l'impression de les énerver sans arrêt. Ils se fâchent dès que mon MP4 traîne sur le canapé ou si je laisse ma chambre allumée quand je suis aux toilettes. Ils sont quand même un peu maniaques.
Léo, 13 ans

Aujourd'hui, il y aurait en France 500 000 enfants orphelins de moins de 21 ans. Il y a aussi des enfants élevés par leurs grands-parents, ou d'autres qui sont élevés dans des familles d'accueil, quand leurs parents ont du mal à s'occuper d'eux.

Mes parents sont plutôt cool. D'ailleurs ma mère est une de mes « amies » sur Facebook. Le problème c'est qu'elle ne fait pas la différence entre Internet et la maison ! Elle me reproche mes fautes d'orthographe même quand je poste un message sur Internet.
Medhi, 14 ans

Les parents : ANGES ou démons ?

- La maman de Timéo le laisse jouer au foot avant d'avoir fait ses devoirs/elle lui fait un peu honte quand elle lui parle en gazouillant comme s'il était un bébé devant ses copains.
- Le papa de Téva lui achète plein de fringues/il se met tout le temps en colère quand sa chambre n'est pas rangée.
- Les parents de Jules l'emmènent faire des super voyages l'été/ils lui interdisent de regarder la télé.
- Noah habite dans un château avec une immense piscine/Son père n'a jamais 5 minutes pour jouer avec lui dans le parc.
- Sacha a des parents trop cool qui ne le surveillent pas beaucoup/comme ils se fichent de ses devoirs, il vient de redoubler.
- La maman de Karim lui offre un jeu quand il a une bonne note/son papa le confisque quand il a une mauvaise note.

Conclusion : Tous les parents sont différents, mais ils ont un point commun : ils ne sont jamais parfaits !

Planète famille

QUELLE SORTE DE PARENTS VIT CHEZ TOI ?

Tous les parents du monde ont des défauts. Sauras-tu reconnaître aussi leurs qualités cachées ? Elles te seront très utiles pour grandir et gagner ta liberté.

Maman STRESSÉE : son truc préféré, c'est d'avoir peur. Elle veut tellement le meilleur pour son fiston qu'elle craint tout ce qui pourrait t'arriver.

Inutile de lui demander d'arrêter de stresser ! Essaye plutôt de la rassurer en lui montrant que tu te débrouilles bien tout seul et que tu ne prends pas trop de risques quand tu fais de nouvelles expériences.

Papa PATRON : son truc préféré, c'est faire preuve d'autorité. Il sait à peine ce qu'est une manette de jeu et tu te demandes même s'il a lui-même été enfant. Son objectif, c'est de t'apprendre des règles de vie pour que tu deviennes un adulte responsable comme lui.

Sois patient, ton papa qui prévoit tout a aussi programmé de te rendre ta liberté. Pour accélérer ses plans, prouve-lui que tu es déjà grand et que tu sais t'entourer d'amis intelligents. Tu peux aussi lui demander comment c'était, quand il avait ton âge... il aura sûrement des souvenirs à partager.

Maman DOUDOU : son truc préféré, c'est... de faire ce que tu préfères. Super, les frites ketchup ! Tu es toujours son bébé. Le hic, c'est quand elle t'accompagne jusqu'à la porte du collège pour te faire un gros câlin devant tes copains.

Elle n'a pas envie de voir son petit devenir grand. Dis-lui que tu l'aimes de temps en temps, mais prouve-lui que tu es assez grand pour t'habiller ou pour organiser seul ton anniversaire.

Papa CONFIANCE : son truc préféré, c'est l'échange. Même s'il n'est pas toujours d'accord avec toi et refuse certaines de tes demandes, il t'explique pourquoi. Il aime jouer avec toi, mais ce n'est pas non plus un copain.

La confiance, c'est très efficace pour grandir. Utilise la liberté qu'il te donne sans trop en abuser. S'il te demande ton avis sur des choses qui ne t'intéressent pas vraiment, dis-lui simplement que cela t'est égal sans te creuser inutilement la tête.

Maman SOLDAT : son truc préféré, c'est appliquer les règles. Elle dirige la maison sans se soucier de ce que font les autres. Impossible de lui faire comprendre que tous tes copains ont le droit d'utiliser Internet... Tu as fini tes exercices de maths ? Tu peux te brosser les dents et te coucher !

Elle veut que tu aies une bonne éducation. Montre-lui que tu sais te fixer tes propres règles, par exemple que tu travailles toujours avant de jouer. Tu peux lui demander d'utiliser l'ordinateur familial pour écrire un exposé et lui montrer le résultat. Progressivement, elle devrait te laisser plus de liberté.

Papa COOL : son truc préféré, c'est jouer au foot ou à la console avec son fiston. Il n'adore pas t'aider à résoudre tes problèmes de maths. Il n'est pas stressé sur tes horaires de sommeil ni sur tes heures passées sur Internet. D'ailleurs, c'est lui qui a installé un ordinateur dans ta chambre.

C'est génial que ton papa partage tes jeux, mais cela n'en fait pas un copain. Tu peux lui demander un conseil d'adulte quand tu as besoin, mais tu n'es pas obligé de lui confier tous tes secrets. N'abuse pas trop des libertés qu'il te donne : grandir, c'est aussi se responsabiliser.

Papa-RAZZI : c'est un papa qui n'arrête pas de prendre des photos de famille !

Pour avoir un peu la paix, demande-lui de t'apprendre à t'en servir pour le prendre, lui, en photo, avec ta mère, par exemple.

As-tu déjà entendu ce genre de paroles ?

- « On s'en fiche de ce que font les autres ! »
- « T'en as pas marre de rester scotché sur ta console ? »
- « Parle-moi autrement, je ne suis pas un de tes copains ! »
- « Moins fort, tu vas réveiller ton frère. »
- « On verra plus tard ! »
- « Y'a pas de mais ! »

C'est curieux, non ?
On dirait que presque tous les parents les ont apprises par cœur...

LÂCHEZ-MOI UN PEU LES BASKETS !

Tes parents te prennent pour un gamin de 5 ans ? Voici quelques idées pour grappiller un peu de liberté.

Pour COMPRENDRE comment fonctionnent tes parents, repasse dans ta tête le film de ces dernières années. Avant, tu étais encore leur petit garçon. Quand ils décidaient quelque chose, tu obéissais sans trop te poser de questions. Maintenant, ils te voient grandir et le problème… c'est qu'ils t'aiment ! Ils n'ont donc pas trop envie de te voir t'échapper. S'ils te laissent des libertés pour décider tout seul, tu ne seras plus vraiment leur « bébé ».

DEVANCE-les : prépare tes habits ou ton cartable tout seul, fais tes devoirs avant qu'ils te le demandent. Si tu n'attends pas qu'ils fassent les choses à ta place, tes parents devraient te laisser un peu respirer.

Négocie tes LIBERTÉS avec tes parents sans exagérer, et surtout sans t'énerver. Tu peux te servir de ton carnet de notes comme d'un contrat : « Si j'améliore ma moyenne d'un point en français, j'ai droit à une sortie ciné avec Lilou ? »

PATIENTE : les parents mettent parfois beaucoup de temps à accepter l'idée que leur petit devient grand. Mais si tu leur prouves tous les jours que tu sais prendre des décisions, ils finiront par te lâcher les baskets…

Mes parents ne comprennent rien à mon style Emo-boy, c'est tout juste s'ils acceptent de me payer le coiffeur. J'ai quand même réussi à leur faire écouter Tokio Hotel dans la voiture. Mon père a dit que ça lui rappelait des disques des années 1980. C'était plutôt sympa, on a pu discuter de quand il était jeune.

Yassine, 14 ans

TES PARENTS NE COMPRENNENT RIEN ?

Planète famille

Tes parents n'ont pas le même âge que toi. C'est naturel qu'ils soient moins compréhensifs que tes copains. Tente une « opération communication » pour améliorer un peu le dialogue.

Tu as l'impression que tes parents ne te comprennent pas ? Ils ne prennent peut-être pas vraiment le temps de t'écouter. Papa et Maman sont trop occupés avec tes frères et sœurs ? Profite du repas du soir quand les petits sont couchés pour leur parler ! La voiture, c'est aussi un bon endroit pour parler, si tu fais un trajet seul avec tes parents.

Ils rentrent tard le soir du travail ? Colle sur le réfrigérateur un Post-it : écris que tu aimerais les voir un peu plus, et fais-leur une proposition : « Dimanche, on se fait une sortie accrobranche ? »

Tu penses que tes parents sont trop vieux pour te comprendre ? As-tu pris la peine de leur expliquer à quoi tu joues sur ta PSP ? En tout cas, avant de désespérer, retiens ces deux règles d'or :

- Trouve le meilleur moment pour parler et dis calmement ce que tu ressens.
- Même les parents les plus géniaux de la planète ne comprennent jamais complètement leurs enfants. C'est comme cela depuis des milliers de générations...

Une bonne astuce pour démarrer une conversation et désamorcer un conflit : demande à tes parents de te dire comment c'était quand ils avaient ton âge...

JE NE VEUX PAS DEVENIR PIANISTE !

Planète famille

Certains parents rêvent d'avoir un fils sportif de haut niveau. L'avantage, si les tiens sont comme ça, c'est qu'ils s'intéressent vraiment à tout ce que tu fais. L'inconvénient, c'est qu'ils finissent par décider de tes envies à ta place… Voilà comment tu peux les convaincre que tu as d'autres envies.

Ma mère voulait m'obliger à faire de la musique. Elle m'a quand même proposé de choisir un instrument. Comme j'aime bien le karaoké, j'ai répondu « la voix », un peu pour rire. Elle n'a pas vraiment apprécié, mais elle a fini par m'inscrire à la chorale. Finalement je m'amuse bien, surtout quand on chante *Creep*, de Radiohead.

Quentin, 13 ans

ESSAYE ! Ta mère t'a inscrit sans te le demander à un cours de piano ? Essaye pendant six mois. Le piano, c'est comme les jeux vidéo : c'est difficile au début mais avec un peu d'entraînement, tu seras plus à l'aise. Demande à ta prof si elle peut te faire jouer quelques musiques de film : pour commencer, propose-lui celle d'*Intouchables*. Tu impressionneras tes copains.

Change de TON si, vraiment, tu détestes la musique ! Explique à ta prof que le piano n'est pas ton joujou préféré, elle changera peut-être sa méthode. Si elle est vraiment sympa, elle expliquera à tes parents qu'on ne fait pas forcément un bon musicien en le forçant à jouer d'un instrument. Ensuite, propose-leur une liste d'autres instruments ou d'activités physiques dans lesquelles tu es sûr de vouloir t'investir à fond.

J'avais très envie d'une guitare électrique et j'en ai parlé à mes parents presque tous les jours pendant trois mois. J'ai fini par en trouver une sous le sapin de Noël !
Alexandre, 10 ans

NÉGOCIER avec ses parents

■ **Le bon moment, le bon endroit :** en général, le caprice de dernière minute ne marche pas très bien. Tu passes devant le jeu *Les Loups-Garous* © dans un magasin ? Faire une crise devant tout le monde, ça peut marcher une fois. Le problème, c'est que tes parents ne vont pas vraiment apprécier de passer pour des bourreaux ! La prochaine fois, ils iront au centre commercial sans toi. Pour demander quelque chose, attends plutôt qu'ils soient tranquillement posés dans un canapé…

En général je n'emporte pas beaucoup d'argent de poche avec moi. Quand on passe devant un magasin de jeux, j'entre « pour regarder ». Si une boîte de *Warhammer* me plaît, je demande à mes parents de m'avancer l'argent qui me manque pour l'acheter. Finalement, ils m'offrent en partie la boîte car ils oublient de me demander de rembourser !
Arthur, 10 ans

■ **Les bons mots :** il faut les préparer. Dire que tu veux absolument le même jeu que Sacha n'est pas une bonne stratégie. Insiste plutôt sur le fait que *Les Loups-Garous* © est un jeu qui permet aussi de s'amuser en famille.

Sun Tzu, le sage chinois, disait : « Tout le succès d'une opération réside dans sa préparation. » 2 600 ans plus tard, il a toujours raison !

Es-tu prêt pour l'amour ?

Pour toi, être l'aîné, c'est...

A La position royale pour commander tes frères et sœurs et profiter de tes muscles pour leur rappeler qui est le lion et qui sont les limaces.

B Être la cible rêvée quand les parents sont énervés, alors que tes frères et sœurs cadets sont libres de faire tout et n'importe quoi.

C L'occasion de faire profiter tes frères et sœurs de ton expérience et jouer le rôle de porte-parole quand vous avez des demandes à faire à vos parents.

Vivre avec les frères et sœurs plus grands, c'est...

A Vivre dans l'ombre de « Débile premier » et les harceler pour essayer de les détrôner.

B Vivre dans l'injustice permanente car tes parents leur font beaucoup plus confiance qu'à toi.

C Profiter de leur expérience et t'inspirer de leurs qualités pour grandir à ton tour.

Pour toi, sœur et frère, ça rime surtout avec...

A Le bras de fer, le premier qui craque perd

B L'enfer en pire, puisque ça existe vraiment sur Terre.

C Plutôt super à condition que chacun y trouve son compte.

TEST TEST TEST TEST TEST TEST TEST

Plus de **A** : Dragon ! Pour ne pas mettre le feu à la maison et éviter les punitions, joue-la un peu futé. Tu es l'aîné ? Pour te faire respecter, montre aux plus jeunes que tu sais les conseiller. Tu vis dans l'ombre d'un plus grand ? Au lieu de le jalouser, essaye d'en faire un allié : il te laissera un peu plus respirer.

Plus de **B** : Pigeon ! Tu aimerais qu'on arrête de toujours s'en prendre à toi, et donner ton avis de temps en temps. Dis à tes parents que tu ressens une injustice, et que tu voudrais que ta voix compte autant que celle des autres. Rappelle-toi aussi que tes amis sont une seconde famille pour t'écouter. Profite d'eux pour t'envoler un peu.

Plus de **C** : Renard ! Tu as compris que les frères et les sœurs peuvent t'aider à avancer. Échanger avec eux, c'est aussi une bonne façon d'avoir la paix et de ne pas trop avoir les parents sur le dos...

Mon petit frère a un sacré caractère et il déteste perdre. Quand on joue, je le laisse un peu gagner au début pour éviter qu'il s'énerve.

Marin, 10 ans

FRÈRES ET SŒURS, POUR LE PIRE ET POUR LE MEILLEUR !

Planète famille

Comment éviter de faire trop d'étincelles entre sœurs et frères quand il y a de l'électricité dans l'air ?

> J'ai une sœur jumelle. Entre nous, ce n'est pas du gâteau… sauf le jour de notre anniversaire ! Au moins, on a le même humour et on rigole souvent ensemble.
> **Armel 12 ans et demi**

■ **Quand les frères et sœurs sont plus grands,** ce n'est pas facile de s'exprimer ! Tu n'es pas le premier de la famille, et tes grands frères (ou grandes) sœurs se comportent en chefs. Ils se permettent ce qu'ils veulent à la maison, ta chambre, c'est un peu leur salon…

> Quand mon frère m'énerve, j'essaye de rejoindre ma chambre pour éviter de me mettre en colère. Ou alors je le fais sortir de ma chambre !
> **Marin, 10 ans**

■ **Quand ils sont plus petits,** c'est compliqué aussi ! Parfois, le frangin veut partager tous tes jeux et s'amuse à sauter sur ton lit. C'est tout juste s'il ne te pique pas tes amis…

C'est sûr que quand tu es bien énervé, le conflit peut te paraître une excellente solution. Un petit croche-patte par-ci, une petite vengeance par-là… Tiens, je t'efface discrètement ton répertoire de téléphone ! **En fait, cela ne fait qu'aggraver les choses**, et les parents risquent d'entrer en scène : déluge annoncé de cris et de punitions sur la maison !

> J'ai donné mes Playmobil à ma sœur car je n'y jouais pas trop. Je lui en offre des neufs de temps en temps. Comme ça, on s'entend bien.
> **Romain, 10 ans**

La fratrie c'est le premier groupe qui existe. Après viennent le groupe classe, les copains. Tu vas donc y faire quelques expériences pour apprendre la vie. La colère, les conflits, tu risques de les expérimenter avec ton frère, ta sœur au grand dam des parents. Mais ne t'inquiète pas, les liens, ça évolue. Ce petit frère qui t'exaspère, te colle, t'imite, te vole ton super pull sera peut-être le témoin de ton mariage. Sois patient !
Laure Pauly, pédopsychiatre

ARGENT DE POCHE, MODE D'EMPLOI

Planète famille

Tu viens de gagner un peu d'argent ? Les marchands de fringues, de jeux, de boissons sucrées, de musique... t'attendent au tournant avec un seul objectif: faire passer tes sous dans leur poche. Pour ça, ils vont essayer de te donner la fièvre acheteuse. Voici leurs armes de contamination massive.

■ **La publicité :** à la télé, sur Internet, sur les affiches... les fabricants payent des chanteurs et des sportifs pour faire leur pub. Leur but, c'est que tu achètes leurs produits pour ressembler à ton idole.

OK, le maillot du Real est super, mais c'est aussi un panneau publicitaire en tissu avec deux trous pour passer les bras !!! Timéo l'a payé très cher, mais en plus il fait de la pub gratuite pour un site internet interdit aux moins de 18 ans...

■ **La contamination généralisée :** tu entends le même morceau de musique partout, à la radio, dans les centres commerciaux... Ce n'est pas un hasard ! Les maisons de disques inondent tous les médias en même temps : ils cherchent à persuader les gens que pour être normal, il faut acheter l'album qui vient de sortir.

Plutôt que de demander plus d'argent de poche à mes parents, je fais des économies et j'attends d'avoir assez pour m'acheter ce que je veux.
Romain, 10 ans

Tu as dans tes placards plus de 6 objets (jeux, habits...) que tu as absolument voulu acheter et dont tu ne t'es pas servi plus de 6 mois ? La prochaine fois, réfléchis un peu plus avant de craquer !

■ **Le virus de la cour de récré.** C'est la même tactique que celle de la grippe : quand il y a une épidémie, il y a 2 élèves malades le lundi, 4 le mardi, 8 le mercredi, 16 le jeudi et 32 le vendredi... Les modes créées par les fabricants sont aussi des sortes de virus par lesquels chaque préado en « contamine » plusieurs autres.

MISSION argent de poche

Voici quelques idées en or que tu peux transformer en un peu d'argent !

Le duc de Lévis n'est pas l'inventeur d'un pantalon mais d'une phrase à méditer : « L'argent est comme le temps : si vous n'en perdez pas, vous en aurez toujours assez ! »

- **Vide greniers :** ce sont des sortes de marchés où chacun peut vendre des objets d'occasion. Un bon plan pour gratter quelques sous en te débarrassant des jeux dont tu ne te sers plus. Le plus dur, c'est de ne pas re-dépenser ta fortune en achetant tout ce que vendent les autres.

- **Multi-services du quartier :** propose à Simone la voisine de ravitailler son chat en croquettes quand elle part voir ses petits-enfants. Tu peux aussi ratisser les feuilles de son jardin, lui monter ses courses...

- **P'tits travaux familiaux :** loue tes services exceptionnels à tes parents : ranger sa chambre ou aider au ménage, c'est normal et gratuit, mais propose-leur, par exemple, un lavage intégral de la voiture pour gagner quelques sous. En plus, tu trouveras peut-être quelques euros égarés dans la fente des sièges, entre l'assise et le dossier.

- **Talents artistiques :** utilise tes talents pour décorer des galets et en faire des presse-papiers, ou imprimer des cartes de vœux et les vendre à ton entourage avant les fêtes...

J'ai un copain, il avait une pomme de terre. Il l'a échangée contre deux carottes, puis il a échangé chaque carotte contre deux œufs, et ainsi de suite. D'échange en échange, il a fini par avoir un jeu DS !

Marin, 10 ans

Top secret : si tu penses que tes parents pourraient te donner un peu plus d'argent de poche, dis-leur qu'à ton âge, la moyenne en France est de 15 euros par mois. Ne leur révèle pas où tu as trouvé ce chiffre ! Ils revendraient ce livre plein de bonnes idées au premier vide-grenier...

J'ai vendu des vieux jeux de société dans une braderie il y a deux ans. J'ai aussi vendu mes rollers, 10 euros de plus que le prix que je les avais payés. C'est sûrement parce que je suis assez jeune que j'arrive à vendre un peu plus cher ! En tout, j'ai réussi à gagner... 165 euros !

Arthur, 10 ans

Stop à la maltraitance

Tu es maltraité ou tu l'as été ? Même si c'est très difficile de parler, brise le silence pour stopper la violence.

Au SECOURS !

Un des membres de ta famille te frappe souvent ou te donne des punitions cruelles ? Un adulte fait avec ton corps des choses qui te paraissent anormales avec lesquelles tu n'es pas d'accord ?

- La première chose à savoir, c'est que **personne n'a le droit de maltraiter un enfant** – même pas ses propres parents ! C'est interdit par la loi.

- La deuxième chose à savoir, c'est que **ce qui t'arrive n'est pas de ta faute**. Tu ne dois pas te le reprocher. Tu es victime de ce qui t'arrive, mais tu n'en n'es pas coupable. En fait, c'est la personne qui te maltraite qui souffre d'une sorte de maladie de la violence, et qui doit se faire soigner.

- La troisième chose à savoir, c'est qu'**il n'y a qu'une seule solution pour que ça s'arrête** : il faut absolument parler de cette situation à un adulte de confiance. Il faut trouver le courage de le faire même si on te menace ou si on t'ordonne de te taire.

Tu es maltraité par quelqu'un que tu aimes ? Par un membre de ta famille ? En premier, dis-toi que ce n'est pas normal. En deuxième, dis-toi que tu n'es pas coupable. En troisième, demande de l'aide à une personne de confiance. Arrêter la maltraitance c'est protéger chacun et son avenir. Parler c'est parfois très dur mais ça soulage toujours. **Laure Pauly, pédopsychiatre**

Ton corps est À TOI

Il est interdit à quelqu'un d'autre que toi de toucher ton corps si tu n'es pas d'accord. Cela signifie que personne, que ce soit un entraîneur de sport, un membre de ta famille, un inconnu rencontré dans la rue... n'a le droit de faire ce qu'il veut avec. Il faut quand même garder du bon sens : ta maman a bien sûr le droit de te faire un câlin, et c'est normal qu'un médecin te demande de te déshabiller pour t'ausculter et voir si tu es en bonne santé.

- Un adulte a un comportement étrange avec toi, il devient très collant et trop gentil ? Mets tous tes sens en alerte pour flairer le danger.
- Un adulte veut t'obliger à te déshabiller ? Dis non et va-t'en !
- Une personne cherche à toucher tes parties intimes ? Dis non et va-t'en !
- On te menace si tu refuses ? Sois fort et menace à ton tour d'en parler à tout le monde si l'adulte ne s'arrête pas !
- Une personne te propose des rendez-vous sans que tes parents soient au courant, par exemple pour une séance photo ? Dis non !
- Un inconnu te propose de le suivre dans la rue ? Dis non et prends la direction opposée !

119

Il existe un numéro de téléphone gratuit où tu peux appeler des personnes de confiance si tu es victime de violence, le **119** (Allô enfance maltraitée). Tu peux aussi te renseigner sur le site internet **http://www.enfantbleu.org/**.

Internet est un terrain de chasse pour les pervers ! Ne donne jamais d'information personnelle ni de rendez-vous sur un forum, un chat... Le pseudo « melina12ans » est peut-être celui d'un adulte de 45 ans qui cherche à piéger un enfant.

MES PARENTS VONT VIVRE SÉPARÉS

Planète famille

Tes parents viennent de t'annoncer qu'ils vont se séparer... Comment sortir de ce cauchemar ? En France, la séparation des parents concerne des millions d'enfants. Pourtant elle est toujours très difficile à accepter. Si tu es dans ce cas, tu te sens sûrement seul, triste et un peu perdu... Voilà déjà comment mieux comprendre ce qui se passe.

- La séparation, c'est **toujours** le **problème des parents**. Donc ce n'est **jamais** de la faute des enfants. Même si tes parents se disputent en parlant de toi, ce n'est pas à cause de toi que tes parents se séparent. C'est parce qu'ils sont malheureux ensemble. Se séparer est un choix très difficile pour tout le monde, mais cela se passerait sûrement encore plus mal s'ils restaient tous les deux à la maison.

- Tes parents **divorcent l'un de l'autre**, mais ils ne divorcent pas de leurs enfants ! Ton père restera toujours ton père, et c'est pareil pour ta mère. Ils seront là pour toi même s'ils vivent séparément.

- La seule solution pour te soulager un peu, c'est d'**évacuer** : tu te sens en colère ? Tu as le droit de t'énerver. Tu te sens triste ? Laisse-toi aller, ça fait du bien de pleurer. Tu te sens seul ? Il faut exprimer ce que tu ressens, d'abord à tes parents, mais aussi à tes grands-parents, à ton parrain...

LAISSE PASSER LA TEMPÊTE !

PLANÈTE FAMILLE

La séparation, c'est un moment très perturbant pour tout le monde. Le moins pire, c'est pour toi de laisser passer l'orage en te protégeant.

Une séparation, cela peut durer PLUSIEURS MOIS.

Les parents doivent parfois passer devant un juge. Il va surtout les aider à bien s'organiser pour s'occuper des enfants quand ils vivront séparés. Pendant ces moments-là, les adultes sont très perturbés. Leur humeur peut changer d'une minute à l'autre. Tu peux avoir l'impression qu'ils vont bien et qu'ils réussissent à s'entendre, puis tout à coup qu'ils se remettent à se détester. C'est très déstabilisant, mais dis-toi que l'orage va finir par se calmer.

Lorsqu'ils se séparent, les parents sont parfois très ENERVES

l'un contre l'autre. Sous l'effet de la colère, il peut leur arriver de dire du mal de l'autre devant toi, d'exagérer, ou même de mentir. Ils ont parfois du mal à rester calmes et intelligents. Essaye de rester le plus possible en dehors de leurs affaires. Dis-toi surtout que tu n'as pas à choisir entre ton père ou ta mère. Finalement, la meilleure chose que tu puisses faire quand tes parents se séparent, c'est : **1.** de continuer à les aimer comme tu le fais déjà. **2.** de profiter des bons moments avec chacun d'entre eux même s'ils vivent séparés.

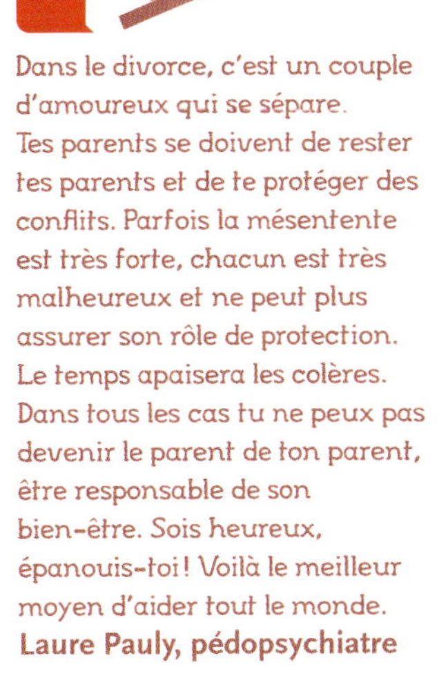

EXPERT

Dans le divorce, c'est un couple d'amoureux qui se sépare. Tes parents se doivent de rester tes parents et de te protéger des conflits. Parfois la mésentente est très forte, chacun est très malheureux et ne peut plus assurer son rôle de protection. Le temps apaisera les colères. Dans tous les cas tu ne peux pas devenir le parent de ton parent, être responsable de son bien-être. Sois heureux, épanouis-toi ! Voilà le meilleur moyen d'aider tout le monde.

Laure Pauly, pédopsychiatre

FRANCHIR LE CAP DE LA SÉPARATION…

Tes parents sont dans la tempête, et tu te sens en pleine galère. Pour ne pas trop boire la tasse, accroche-toi aux bouées…

Les DIFFICULTÉS à affronter :

- Être très triste que tes parents ne s'aiment plus.
- Ne plus avoir confiance en toi, te sentir mal à l'aise ou honteux avec les autres.
- Te dire que la vie est nulle et très injuste.
- Te sentir un peu perdu entre deux maisons.
- Arrêter de travailler à l'école.
- Sentir que le parent qui n'est pas là te manque beaucoup.

Pour garder la tête hors de l'eau, tu peux te raccrocher à ces « IDÉES-BOUÉES »…

- Pense que tes parents, tes amis, tes grands-parents… t'aiment autant qu'avant, et que ce moment difficile va sans doute renforcer vos relations.
- Si tu as des difficultés à l'école, n'attends pas qu'elle s'aggravent : tu peux expliquer ta situation à un professeur ou au CPE du collège pour qu'il te conseille.
- Quand tu as un coup de déprime, écris la liste de tout ce qui est positif (les prochaines vacances avec un copain, ton nouveau lecteur MP3…). On appelle cela la méthode Coué. Elle ne marche pas à tous les coups mais parfois elle permet de se remonter le moral.
- Tu as deux maisons ? Recrée ton univers dans chacune pour te sentir chez toi des deux côtés. Pour être bien dans ta nouvelle chambre, installe quelques-unes des décorations préférées de ton autre chambre.

EXPERT

Se construire, c'est aussi se détacher du modèle des parents. Mais c'est parfois très dur quand on ne connait justement pas son père, son histoire, sa vie, les raisons de son absence. On peut l'idéaliser !! On peut aussi le détester au risque de ne pas aimer une partie de soi-même. Parfois on peut reprocher à un beau-père tout ce qu'on ne peut pas dire à un père absent. Et vivre avec lui les conflits de l'adolescence. Chacun doit construire son histoire à sa façon.

Laure Pauly, pédopsychiatre

J'ai entendu mes parents dire à des amis qu'ils faisaient un « divorce heureux » mais moi, je n'ai pas trouvé ça drôle du tout ! J'ai l'impression qu'ils mentaient un peu. J'ai dit à mes grands-parents que j'étais triste et ils se sont bien occupés de moi.

Lucas, 12 ans

- Pour éviter que ton parent absent te manque trop, garde avec toi une photo ou un objet qui te fait penser à lui. Utilise le téléphone pour raconter ta journée au parent qui n'est pas là.
- Si tu te sens trop mal, tu peux dire à tes parents que tu voudrais parler à un psychologue ou à un médiateur familial. Tu peux aussi aller voir l'infirmière scolaire.

Dans ma classe, j'ai plusieurs copains dont les parents sont divorcés. Même si c'est dur pour les enfants et pour les adultes, je pense que c'est préférable que les parents vivent séparés s'ils ne s'aiment plus du tout.
Fahd, 13 ans

J'en veux à mes parents de ne m'avoir rien expliqué. Heureusement, j'ai trouvé un livre à la bibliothèque qui m'a permis de comprendre toute seule ce qu'était un divorce.
Mathilde, 13 ans

Je me demandais comment tout ça allait tourner mais finalement, mes parents ont arrêté de se battre quand ils se sont séparés.
Florian, 15 ans

Vivre SEUL avec sa mère.

Vivre sans ton père, c'est comme si tu avais un trou dans ton histoire. Cela te rend sûrement triste. Si tu te poses des **questions** sur lui, tu peux interroger ta mère. D'ailleurs elle s'y attend sûrement et cela la soulagera de te parler. Elle a peut-être même des photos à te montrer...

J'avais très peur quand le premier Noël est arrivé. Finalement mes parents se sont organisés pour le faire chacun de leur côté, le soir du 24 décembre et le 25 à midi. J'ai décoré les deux sapins, et ces deux fêtes se sont bien passées.
Sami, 12 ans

Tu as envie de protéger ta maman ? C'est normal mais n'inverse pas les rôles. C'est elle l'adulte, et c'est toi l'enfant même si tu es son « grand ».

Ta mère a plein de choses à **t'apprendre**. Elle se débrouille toujours pour trouver des solutions, par exemple pour préparer tes plats préférés même si elle ne gagne pas beaucoup d'argent ? Observe-la bien et prends modèle sur elle ! Elle arrive à garder le sourire même si ton père lui manque ? Inspire-toi de son moral de champion ! C'est la reine du tournevis ? Emprunte-lui sa caisse à outils et demande-lui de t'apprendre à bricoler.
Si tu vois quand même ton père une fois de temps en temps, essaie de **profiter** au maximum de ces moments pour lui parler et t'amuser avec lui. Il aura sûrement des choses à partager avec toi même si la vie l'a éloigné.

Si tu te sens vraiment mal, demande à ta mère si tu peux en parler avec un **psychologue**. C'est un spécialiste qui t'écoutera avant de te conseiller.

Je n'arrivais plus à apprendre au collège, ma tête débordait. J'ai parlé au prof principal, qui m'a aidé à m'organiser dans mes devoirs. J'ai évité la catastrophe et j'ai réussi mon année scolaire.
Julian, 14 ans

Planète famille

VIVRE EN 3D DANS UNE FAMILLE RECOMPOSÉE

Tes parents se sont séparés et partagent la vie de quelqu'un d'autre ? Tu as une place à prendre dans ta famille recomposée.

Un peu PEUR

Drôle d'impression, le jour où ta mère te présente son nouveau chéri… Ou quand ton père t'annonce qu'il a décidé d'habiter avec sa nouvelle compagne. Tu comprends, bien sûr, que tes parents n'aient pas envie de passer leur vie tout seuls et qu'ils veuillent reconstruire une famille. Pourtant, cela peut te faire un peu peur, surtout si tu dois partager tes parents avec les enfants de leur nouveau chéri…

Tes parents ont CHOISI de vivre une nouvelle histoire ? C'est parce qu'ils ne s'aimaient plus et qu'ils sont plus heureux avec une autre personne. Pourtant, ne t'inquiète pas, tu as une place dans leur nouvelle vie : même s'il est amoureux d'une autre que ta mère, ton père sera toujours ton père ! Et pour ta mère, c'est exactement pareil : son nouveau compagnon n'est pas là pour te la piquer, mais pour la rendre plus heureuse.

Qui c'est, cet avatar barbu qui SQUATTE le canapé ?

D'abord, apprends à le connaître et ne le vois pas tout de suite comme un ennemi. Donne-lui sa chance et dis-toi que, après tout, si ta mère a l'air plus épanouie, c'est un peu grâce à lui. D'ailleurs, le nouveau venu ne sait pas trop comment te parler… Ta mère ne te le montre pas forcément, mais elle ne rêve que d'une chose : que vous vous entendiez bien ! Propose à son chéri une partie de foot ou d'*Inazuma*, ça permet d'apprendre à se connaître quand on n'ose pas trop discuter. S'il est un peu trop vieux pour les jeux vidéo, tente un *Cluedo* !

Exprime-**TOI** !

Il faut un peu de temps pour que chacun trouve sa place. Le plus important, c'est d'exprimer ce qui ne va pas avant que la situation s'envenime. Tu trouves que ton père s'occupe beaucoup trop de sa nouvelle copine et pas assez de toi ? Parles-en avec lui avant de laisser la jalousie et la colère s'en mêler. Si chacun y met du sien, tout le monde y gagne. Ton père se sentira plus à l'aise s'il voit que tu as trouvé une place dans sa nouvelle vie. Sa chérie sera plus détendue car elle aura l'impression que tu l'as acceptée. Et toi tu te sentiras plus cool dans ta famille recomposée.

La nouvelle copine de ton père ou le chéri de ta mère débarque dans ta vie avec ses propres enfants ? Même si c'est un peu dur au début, essaye de ne pas les voir comme des concurrents. Sauf au *Time's Up* ou au *Monopoly*, bien sûr ! Tu peux vivre de belles aventures avec tes nouveaux frères et sœurs. En plus, ils sont dans la même situation que toi : leurs parents se sont séparés avant que tu les rencontres ! Vous avez donc de bonnes bases pour vous comprendre et pour vivre ensemble. Fais preuve de patience et surtout, profite des moments que tu passes seul avec tes parents pour leur dire ce qui ne va pas.

Les « demi-frères » et les « demi-sœurs » sont les enfants que ton papa a eus avec une autre maman que la tienne, ou que ta maman a eus avec un autre papa que le tien. En fait ils portent assez mal leur nom : les « demi » ne sont pas des frères et des sœurs diminués, bien au contraire ! Avec un peu de temps, tu pourras vraiment partager plein de trucs avec eux en 3D : avant de bien **Délirer**, il faut commencer par **Dédramatiser** et par **Discuter** !

CHACUN SON RANG...

Que tu sois l'aîné, le deuxième ou le dernier, chaque rang de naissance présente des avantages et des inconvénients.

■ **Lucas** est le plus grand d'une famille de 4 enfants. L'avantage, c'est que ses parents lui confient des responsabilités. C'est même lui qui s'occupe de faire la cuisine le mercredi. L'inconvénient, c'est que ses parents le punissent dès que le ton monte entre frères et sœurs, simplement parce qu'il est le plus grand.

■ **Timéo** est le deuxième de sa famille. Il est toujours en train de se battre avec son grand-frère, qu'il appelle « Sa Majesté » pour se moquer de lui car il se prend pour le maître dans la maison. Il a quand même de la chance d'être le cadet, parce que ses parents sont plus cool avec lui qu'ils ne l'étaient avec son aîné quand il avait le même âge.

■ **Téva** est la petite dernière, elle a deux grands frères. Elle en profite pour se faire dorloter comme si elle avait 6 ans et elle fait encore des caprices avec ses parents. L'avantage, c'est qu'elle est super gâtée... L'inconvénient, c'est que tout le monde la prend pour un bébé.

Tu es enfant unique ? C'est parfois difficile de vivre seul avec ses parents. Tu as peut-être l'impression d'être un OVNI si tous tes copains ont des frères et sœurs. Mais « unique » ne signifie pas forcément « solitaire » : autour de toi, il y a des cousins, des copains... Ils t'aideront à ne pas t'ennuyer et à t'épanouir. Essaye de convaincre tes parents de les emmener en vacances, dis-leur que tu as besoin de les voir souvent. Et ne te réfugie pas trop derrière ton écran !

Tu es l'aîné et depuis que tes frères et sœurs ont débarqué, tu as l'impression qu'ils ont beaucoup plus de liberté que tu en avais au même âge ? Ne leur en veux pas trop, c'est un peu logique puisque c'est avec toi que tes parents ont appris leur job de papa et maman ! À l'époque, ils étaient des débutants stressés. Maintenant, tes frères et sœur cadets peuvent te dire merci ! C'est grâce à toi que tes parents sont plus cool avec eux. Profites-en à ton tour pour leur demander un peu plus de liberté !

Tu es le deuxième, le troisième... ou pire, le dernier ? Tu as l'impression de vivre **à l'ombre de tes aînés ?** Tu as envie d'exister sans être pris pour un gamin ? La première méthode, c'est de prendre la tête aux grands et d'envahir leur territoire : en fait, elle ne marche pas très bien. Au mieux, vous allez tous récolter la même punition, bonjour l'égalité ! Plutôt que de jouer la concurrence, suis ton propre chemin pour prouver que tu sais prendre tes responsabilités. N'attends pas que tes parents te demandent de ranger ta chambre ou de préparer ton cartable : comporte-toi comme un grand, c'est la meilleure manière de les convaincre que tu as un rôle à jouer dans la famille.

Pour améliorer les relations dans la famille, **vive la communication** ! Si tu as l'impression de vivre une injustice, parles-en calmement avec tes parents à un moment où ils sont disponibles pour t'écouter. Profite d'un grand trajet en voiture seul avec eux, c'est idéal pour discuter !

CÔTÉ LOISIR, CÔTÉ PASSION

PAGE 184
À
PAGE 205

Pour savourer tes moments libres, tu as le choix du menu. Seul, avec des amis ou tes frères et sœurs, mille et un passe-temps s'offrent à toi : dessiner des BD, construire des cabanes, écouter de la musique, tricoter... à moins que tu préfères jouer sur la console de ta grand-mère.
Tu peux aussi pratiquer régulièrement une activité sportive ou artistique. Profite des saisons pour les diversifier ! Du roller et du foot pendant l'année, du beach-volley l'été en colo... Tout est possible pour s'amuser.
Ton activité te prend presque tout ton temps libre ? Tu es sans doute passionné. Mécanicien ou musicien, tu peux cultiver tes talents tout en continuant à étudier. Cette passion deviendra peut-être ton métier.
Allez, tourne la page pour prendre un grand bol d'air. Ouf ! Dans ce chapitre, tu as enfin le droit de rêver...

Comment vis-tu tes activités ? Passionnément ? Ça dépend ? Au ralenti ? Teste ton goût pour la passion !

Ta guitare te sert…

A À mettre en musique tous tes moments libres.

B À te défouler en gratouillant de temps en temps.

C De porte-manteau décoratif pour ta chambre.

Pour toi, une passion c'est…

A Une histoire entre toi et ton violon.

B Une histoire entre toi, Mario et ta console DS.

C Un fruit exotique.

Cette année, Noël tombe le 25 décembre…

A Zut, tu avais prévu une journée piano.

B Chouette, une guitare sous le sapin.

C Trop bonne, la glace au fruit de la passion sur la bûche…

Tu vas au judo…

A En courant pour t'échauffer.

B En discutant avec tes potes.

C À reculons.

Tu viens de faire la connaissance de Zoé.

A Tu lui proposes une partie de foot.

B Tu lui parles de ta passion, le foot.

C Tu sens naître une passion pour elle.

TEST TEST TEST TEST TEST

Plus de A : Passionnément ! Au moins, tu ne fais pas les choses à moitié. En trois mots : tu es passionné ! Si tu persévères même dans les moments difficiles, il est fort possible que tu réalises un jour tes rêves de musicien ou de sportif… Assez lu, file t'entraîner !

Plus de B : Ça dépend ! Tu apprécies de varier tes activités. Pour toi, c'est le plaisir que tu en retires qui compte. Après tout, c'est une bonne manière de s'occuper sans trop stresser. Qui a dit que passion rimait avec pression ?

Plus de C : Au ralenti ! Ta mère t'a inscrit au violon. Pourtant tu lui avais bien dit : c'est pas ton truc, la musique. Et encore, c'est moins pire que le karaté de l'an dernier ! Tes parents ont de ces idées… La passion ? Tu l'apprécies sous forme de glace ou d'histoire amoureuse. C'est déjà pas mal, non ?

J'ai une Wii et une DS. J'adore *Mario Bros*. J'aime les jeux de société comme *Les Aventuriers du Rail*. Je joue au rugby et au hand de temps en temps, mais surtout au foot.

Arthur, 10 ans

PFFFFF... DÉCOMPRESSE, L'ARTISTE !

Range ta chambre ! As-tu fini tes devoirs ? Contrôle de maths ! Aïe aïe aïe, tu pensais qu'en grandissant, tu serais libre comme l'air. Le hic, c'est que les obligations poussent en même temps que toi. Heureusement, il te reste un peu de temps libre. Profites-en pour faire vraiment ce qu'il te plaît, à commencer par décompresser.

Besoin de REPOS

Tu es collé comme une tranche de raclette sur le canapé ? S'ils ne sont pas contents, explique à tes parents que la raclette a besoin de se reposer un peu ! C'est important de prendre le temps de rêvasser. Ces moments te permettent de faire le vide dans ta tête et de te régénérer.

SANS en abuser

Pour bien utiliser la paresse, il ne faut pas en abuser. Tu as passé 8 heures vautré sur ton lit devant un écran ? Perdu ! Tu risques de terminer la journée bien crispé. En plus tes parents sont énervés et tu risques de passer ta nuit à tourner comme une Beyblade. La prochaine fois, divise ta journée entre plusieurs activités : après un bon petit déjeuner, joue sur ta console jusqu'à midi. Profite de l'après-midi pour sortir du virtuel, et courir derrière un ballon. Ça y est, tu as bien transpiré ? Prends une douche et allonge-toi avec quelques MP3 avant le dîner.

Profite aussi de ton temps libre pour t'évader : un casque sur les oreilles, les yeux fermés, un album de musique bien cool... Laisse-toi bercer. Tu es allongé sur ton lit ? Libère tes pensées. Imagine-toi en train de dévaler les montagnes en snowboard ou de planer sous un parapente. Coooool...

Ensuite, quelques pages de ton bouquin de vampires et gros dodo ! Gagné, tu as passé une journée active ET détendue.

Conclusion : Si tu équilibres ton temps libre entre jeux, sport, nature, écrans, lecture... tes parents seront plus zen que s'ils ont l'impression d'avoir une larve géante à la maison.

Au début j'avais un piano électrique, je faisais n'importe quoi dessus et je m'enregistrais. Maintenant, je suis au Conservatoire : solfège, chorale, piano... je fais au moins 5 heures de musique par semaine. J'ai même réussi à écrire ma première composition musicale.
Marin, 10 ans

Le travail d'ARTISTE

La créativité, c'est comme la terre qu'utilise un potier pour faire des objets. Au début, ça ne ressemble pas à grand-chose, un bloc de terre. Pour lui donner une forme précise, le potier utilise différentes techniques et des outils. Un rappeur fait exactement la même chose : sa voix et les mots qu'il utilise pour écrire ses textes sont ses outils principaux. Avant de sortir le tube de l'année, il a sûrement passé beaucoup de temps à composer ses chansons, à trouver des rimes, à les caler sur un rythme... Derrière un morceau de 3 minutes, peuvent se cacher 3 mois de travail !

J'avais très envie de jouer d'un instrument, et mon grand-père m'avait montré quelques trucs à la guitare. Je me suis inscrit à la MJC pour prendre des cours. Maintenant j'apprends le solfège avec un prof chez moi, et ça me permet de mieux jouer. Je commence même à improviser.
Romain, 10 ans

Presque tous les grands peintres ont passé beaucoup de temps à faire des croquis, et même à étudier l'anatomie... Les comédiens sont capables de passer des heures à apprendre par cœur un livre. Avant de devenir des stars, beaucoup de musiciens ont commencé par répéter des centaines de gammes, enfermés seuls chez eux.

BULLES, NOTES, MOTS... DONNE VIE À TON IMAGINATION

Il y a quelques années, tu inventais des histoires avec tes Playmobil. Tu improvisais des chasses au trésor avec des copains ? Tu dessinais tout ce qui te passait par la tête, ou faisais de la batterie en tapant sur des casseroles avec une cuiller en bois : tu es déjà très créatif ! Tu es à l'âge idéal pour cultiver tes talents et les faire grandir en t'amusant. Voilà quelques idées : surprise garantie quand tu dévoileras tes premières œuvres à ta famille ou à tes amis !

Tu te sens **l'âme d'un DESSINATEUR** de BD ? Munis-toi d'un carnet partout où tu vas, et crayonne les gens ou les lieux qui t'intéressent. Ensuite, invente une histoire ou inspire-toi d'une situation qui t'est arrivée pour écrire un scénario. Tu n'as plus qu'à choisir parmi tes dessins ceux qui vont te permettre de la raconter, en les faisant entrer dans les cases de ta première BD.

Monter sur SCÈNE ?

Trouve des copains qui jouent d'un instrument ou qui ont envie de chanter. Donnez un nom à votre groupe. Répétez entre vous des morceaux simples à jouer. Il y en a des milliers sur Internet. Fin prêts ? Donnez un concert pour les potes et leurs frères et sœurs, ils n'en croiront pas leurs oreilles.

Slam, violon, danse... quel que soit ton terrain d'expression, **la règle d'or, c'est « LIBERTÉ »**. Tu peux commencer par imiter des artistes qui te plaisent, mais n'hésite pas à improviser sans te demander ce que les autres vont en penser.

Conclusion : Le meilleur mélange pour cultiver ta création, c'est :

- te faire plaisir sans compter !
- te lâcher et essayer un peu tout ce qui te passe par la tête ;
- travailler la technique (par exemple le solfège en musique) quand ton inspiration ne te suffit plus à faire tout ce que tu voudrais.

TECHNIQUE : les essentiels !

Dessin – BD

Si tu n'es pas très doué en dessin, tu peux prendre des cours dans ton quartier. Fais-toi offrir des peintures, des aquarelles, des crayons... à Noël. Libère ta créativité : matières, couleurs, supports, découpage, collage, tout est possible pour dessiner. Tu es attiré par la BD ? Achète une méthode, on en trouve en librairie ! Les forums internet regorgent de conseils, et il existe même des logiciels comme BD Créateur pour t'aider.

Vidéo

Nick Park, le créateur de *Wallace & Gromit*, est ton maître à penser ? Retrouve ta vieille pâte à modeler ! Tu peux créer ton premier film d'animation en utilisant l'appareil photo numérique de tes parents. Pour cela, il te faut construire des personnages en pâte et les prendre en photo en faisant évoluer progressivement leur position. Ensuite il faut assembler les images. Encore plus simple : le *stop motion*, qui consiste à prendre des photos successives d'une scène et à les assembler.

Ta première caméra pro ? Ton téléphone mobile ! Le cinéaste Hooman Khalili a tourné un long métrage avec le sien ! Le casting ? Tes potes ou tes frères est sœurs ? Tu peux faire le montage sur ordinateur avec le logiciel Movie Maker ou iMovie.

Musique

Pour apprendre les bases de la musique, c'est utile de prendre un cours de solfège. Si tu n'as pas de prof, des méthodes sont disponibles dans les magasins de musique. Tu peux y trouver des partitions aussi. Pour la guitare, il existe des « tablatures » qui sont plus faciles à lire. Certaines sont à disposition gratuitement sur Internet. De nombreux musiciens postent aussi sur le web des vidéos avec des conseils techniques. Sur smartphone ou tablette, on trouve des applis pour s'accompagner et travailler ses solos (Guitar Jam Tracks par exemple).

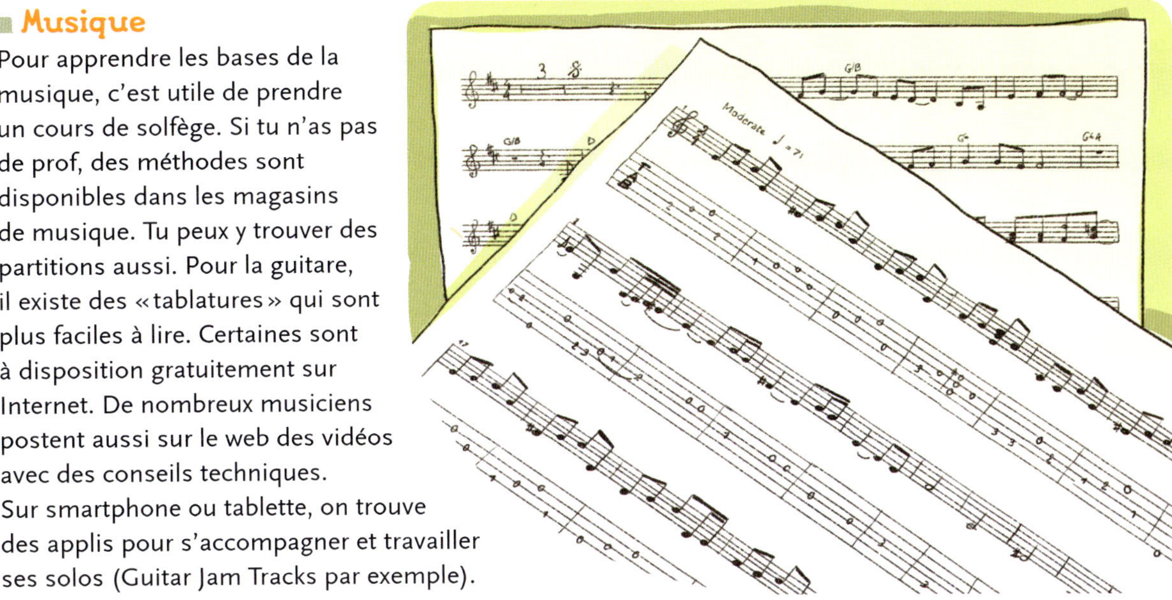

Écriture

À la main ou sur ordinateur, en vers ou en prose, l'écriture peut prendre toutes les formes. Il suffit d'oser ! Le plus simple, c'est d'écrire son journal pour commencer. Tu peux y décrire ta journée, essayer de traduire en mots tes sensations et tes émotions. L'écriture, c'est gratuit, n'hésite pas à en rajouter un max !

Ton pote Moussa a cassé son lacet ? C'est bon, tu tiens une histoire : « La sonnerie s'est abattue sur la récré comme la grêle sur un champ de blé. C'est ce moment précis que le lacet de Moussa a choisi pour se faire dévorer par une plaque d'égout géante. Moussa ne le savait pas encore mais dans quelques secondes, le cours de sa vie allait basculer… » (en fait, il a dû rafistoler sa basket en classe avec un bout de sangle emprunté au cartable de Timéo : bon courage pour raconter ça avec du suspense).

San Antonio, un as de la plume, conseillait aux écrivains en herbe de commencer leur roman par : « Il ouvrit la porte et entra ». Il t'a déjà fait la moitié du boulot ! Tu n'as plus qu'à écrire la suite et à imprimer ton premier polar.

Sers-toi d'un dictionnaire des synonymes pour enrichir ton vocabulaire. Il t'apprendra que le mot « habiller » peut se décliner en « accoutrer, affubler, costumer, endimancher, nipper… » : avec ça, tu as de quoi te déguiser en écrivain sans risquer de te geler les crayons…

Côté loisir, côté passion

COCKTAIL SPORTIF POUR AVOIR LA

Classiques, en solo ou collectifs, martiaux, athlétiques ou originaux, il y en a pour tous les goûts et tous les physiques.

Les sports COLLECTIFS

Ils te permettront de développer tes qualités physiques, mais surtout l'esprit d'équipe et le sens du jeu collectif. Les plus célèbres sont le foot, le rugby, le volley, le basket… Mais il en existe aussi d'autres plus ou moins farfelus et originaux :

- le base-ball ou le criquet, qui se pratiquent avec une balle, un gant et une batte ;
- *l'ultimate frisbee*, spectaculaire, où deux équipes de 7 joueurs se disputent un disque volant ;
- le kin-ball, qui se joue avec un ballon de plus d'1 mètre de diamètre ;
- le quidditch, qui se pratique surtout chez les sorciers.

Les arts MARTIAUX

Karaté, aïkido, judo, franchis la porte du dojo. Les maîtres mots des arts martiaux sont le respect et le contrôle de son énergie. Ils te permettent de devenir plus fort, plus souple et de développer tes réflexes. Le dojo est aussi un endroit pour devenir plus zen. Apprends à canaliser la violence que tu ressens parfois en toi, décroche ta ceinture verte et renforce ta confiance !

Atteint par un handicap à l'âge de 10 ans, je pratique pourtant depuis de nombreux sports ! Parfois la réticence est là… mais l'implication sportive montre que l'on peut repousser nos limites physiques et même aller au-delà. Adopter des objectifs réalistes et avoir conscience de son potentiel ! La constance et la persévérance sont déterminantes. Le plaisir reste fondamental !

Renaud, 22 ans

L'ÉQUITATION

Contrairement à une idée répandue, ce n'est pas « le cheval qui fait tout ». L'équitation est un vrai sport pour le cavalier aussi. Elle permet de mieux coordonner son corps, de travailler son équilibre, mais aussi d'apprendre à se contrôler : le cheval ressent la moindre émotion de son cavalier… Commence par un poney, c'est un peu moins haut !

La DANSE

Non, la glace n'est pas réservée aux filles ! Même les garçons y ont droit ! En plus, elle se décline à tous les parfums : classique, contemporaine, folklorique, orientale, latine, hip-hop… De nombreux hommes qui attendent l'âge adulte pour s'inscrire regrettent de ne pas avoir osé le faire plus tôt. Si la danse te tente, franchis le pas ! Bientôt, les petits rats de l'Opéra ou les « scorpions » du hip-hop n'auront plus de secrets pour toi.

L'ESCALADE

Cordes, baudrier, mousquetons, casque… Te voilà équipé pour grimper ! En salle ou en pleine nature, l'escalade, c'est toujours l'aventure. Ce sport fait marcher la tête autant que les jambes et les bras. Sauras-tu trouver la meilleure combinaison possible pour franchir un passage et vaincre ta crainte du vide pour arriver au sommet ?

Pour te réchauffer, un cocktail AFRO-BRÉSILIEN…

Quel cocktail mélange art martial, danse, acrobatie, chant et musique ? Réponse : la capoeira. Cette discipline proviendrait des danses et des méthodes de combat des esclaves venus d'Afrique au Brésil. Les « joueurs-lutteurs » sont accompagnée par des instruments tels que le *berimbau*, par des chants et par des frappements de mains. Idéal pour se défouler en musique, et travailler ses muscles tout en souplesse.

TU AS UN HANDICAP ?

Ce chapitre, comme les autres, s'adresse aussi à toi. Tu es avant tout un garçon et un préado, et tu ne te résumes pas à ton handicap. En plus, pratiquer une activité sportive peut t'aider à mieux accepter ton corps. C'est aussi un bon moyen de prendre confiance et de sentir que tu es comme les autres. Fais un tour sur le site **http://www.handisport.org/** pour trouver les clubs de ta région.

Côté loisir, côté passion

S'ÉCLATER SANS S'EXPLOSER !

Tu as remarqué ? Les coureurs cyclistes ont un casque, les joueurs de foot ont des protège-tibias... sans parler des hockeyeurs sur glace qui ressemblent à des Transformers. Toi aussi, apprends à te protéger.

Vélo, roller, SKATE, ski... le casque fait partie de la panoplie indispensable. Peinture, autocollants, oreilles de lapin en peluche, tu peux le personnaliser. En fonction de tes activités, utilise des coudières, des protège-dents, etc. Il vaut mieux terminer une session de skate entre copains que chez le médecin.

PÉTARDS et feux d'artifices ! Ces sont des jeux assez dangereux. Ils peuvent brûler les yeux, abîmer les oreilles et provoquer des incendies. La loi interdit de les utiliser avant l'âge de 12 ans, et dans certaines régions on ne peut s'en servir que le 31 décembre. Tu souhaites vraiment faire exploser des feux d'artifices et des pétards ? Fais-le avec un adulte, à l'extérieur, loin des maisons. Éloigne-toi toujours à 20 pas au moins de l'explosion. Personne ne doit être à proximité : blesser quelqu'un avec un pétard, même involontairement, c'est puni par la loi. Pour s'amuser sans danger il vaut mieux semer des petits « claque-doigts » qui crépitent sous les chaussures quand on marche dessus.

Astuce

Le feu, c'est hors jeu !
Les produits « inflammables » comme l'essence ou les aérosols provoquent tous les ans des accidents tragiques. Carton rouge ! Expulse-les vite de ton terrain de jeu, ils sont vraiment trop dangereux !

Estéban s'est brûlé la main sur le barbecue ? Il faut passer la brûlure sous l'eau du robinet à température ambiante pendant 15 minutes et à 15 cm du jet. Une fois qu'il a la main sous l'eau, préviens un adulte.

Cerveau **RAMOLLO** ?

- Les jeux d'apnée, le jeu du foulard par exemple, peuvent provoquer des blessures irréversibles au cerveau. Ils peuvent même provoquer la mort. La meilleure protection, c'est de ne jamais y jouer.
- Les jeux vidéo violents augmentent l'agressivité et le stress : leur usage prolongé réduit l'activité des zones frontales du cerveau, qui permettent de contrôler les émotions et l'agressivité. La meilleure précaution, c'est au moins d'attendre 18 ans pour y jouer – par exemple à *World of Warcraft*, *GTA* ou *Call of Duty*.

SOS bobo ! Karim est tombé au skatepark, il a très mal à une jambe et n'arrive plus à se déplacer. En plus, il a une blessure qui saigne au visage ? Tu es seul avec lui. La règle numéro un, c'est d'agir. En plus ça empêche de stresser !

1 Aide Karim à s'asseoir, si possible en sécurité (pas au bord de la route !) et contre un mur – au cas où il tomberait « dans les pommes ». Dis-lui de bouger sa jambe le moins possible. Essaye de trouver un linge propre (tee-shirt, serviette éponge...) pour qu'il puisse l'appuyer sur la plaie de son visage et arrêter le saignement.

2 S'il y a des maisons dans le voisinage, sonne pour prévenir un adulte. Si tu as un téléphone avec toi, compose le 112 pour appeler les secours et leur décrire précisément la situation. L'essentiel, c'est de ne pas t'affoler et de préserver ta propre sécurité : ne traverse pas la route en courant pour provoquer un deuxième accident ! Fais les choses rapidement, mais sans te précipiter.

Comment prévenir les secours ?
Prenons un exemple : tu es seul avec ton grand-père qui est tombé et n'arrive pas à se relever. S'il y a des voisins à proximité, préviens-les sans attendre. Sinon appelle les secours en composant le **112** sur un téléphone mobile ou fixe. Pense à une seule chose même si tu es stressé : leur donner des informations précises et répondre à toutes leurs questions !
Plutôt que de dire « Papi est tombé et il a l'air bizarre, venez-vite pour le soigner » et de raccrocher aussitôt, dis plutôt « Bonjour, je m'appelle Robin Dubois, je vous appelle du numéro de téléphone 05 52 21 56 ... Je suis chez mon grand-père, Jean Dubois, au 120 rue Rivals à Toulouse, deuxième étage. Le code de la porte est 1234. Il vient de tomber et il ne me répond pas quand je lui parle. Je suis seul avec lui, que dois-je faire ? » Réponds à toutes les questions qu'on te pose avant de raccrocher. Courage, les secours ne vont pas tarder !
Gérald Ramboz, médecin urgentiste au SAMU

Côté loisir, côté passion

DES ACTIVITÉS QUI DÉPOTENT

Pour vous occuper entre potes ou entre frère et sœur, faites marcher votre imagination ! Voici quelques ingrédients pour pimenter vos journées.

■ **Cosplay.** C'est la contraction de « costume » et de « playing » (« joue » en anglais). Dans un cosplay, chacun joue son personnage préféré. Mission récupération ! Fouillez dans les vieux habits ou faites un tour dans une friperie pour trouver un déguisement. Une perruque et quelques épées bricolées peuvent suffire. Il ne reste qu'à inventer des scènes et des dialogues… C'est la seule occasion de voir Jack Sparrow discuter avec Dark Vador sur le canapé de tes parents, le chat de ta sœur sur les genoux. N'oublie pas d'immortaliser ce grand moment en photo ou en vidéo !

■ **Light painting.** C'est une technique photographique qui permet de peindre avec de la lumière. Picasso s'amusait déjà avec en 1924. Il te faut un appareil photo numérique ou un smartphone qui dispose d'un temps d'exposition réglable : certains proposent le mode « scène de nuit » par exemple. Dans une pièce sombre, pose l'appareil sur une table. Munis-toi d'une lampe de poche ou d'une autre source lumineuse. Déclenche l'appareil, place-toi à quelques mètres de l'objectif et fais des dessins dans l'air avec ta lampe – en direction de l'objectif – comme si la lumière était un pinceau. Stoppe la photo après 10 ou 20 secondes (sauf si l'appareil le fait automatiquement) : les traces de lumière devraient apparaître sur l'image. Sinon, essaye d'autres réglages de temps d'exposition, ou change de lampe. Avec cette technique, tu peux tracer des formes lumineuses, écrire des mots sur une photo, etc. Tu trouveras des conseils sur Internet pour améliorer ta technique.

Land art. Cette activité consiste à créer des œuvres d'art avec les matériaux de la nature : branches d'arbre, cailloux, pommes de pins… On peut y ajouter des objets de récupération (bouteilles, tissus…). Seul ou entre copains, on peut ensuite se fixer un thème à représenter : « autoportrait » ou « créatures de l'impossible »… C'est gratuit et les œuvres peuvent rester dans la nature si elles sont composées de matières biodégradables. Les promeneurs qui les croiseront sur leur chemin se demanderont comment elles sont arrivées là ! Cherche sur le net des œuvres d'Andy Goldsworthy, tu seras bluffé par l'éventail des possibilités.

Slackline. C'est la dernière mode ! Tu peux faire avec tes copains un concours de funambulisme sur une sangle légèrement élastique tendue entre deux arbres. Qui tiendra le plus longtemps sur un pied ? Certains pros font même des sauts acrobatiques. Une sangle de slack vaut à peu près 40 euros. Voilà une idée de cadeau d'anniversaire dont tu pourras te servir avec tes copains.

Avec des copains, on a joué à *Mario Kart* en grandeur nature sur un parking. On a tracé des circuits à la craie, et on s'est servi d'étoiles et de bananes en plastique. Pour faire la course, on a utilisé nos vélos et nos rollers. J'avais même trouvé une casquette verte style Luigi.
Fahd, 13 ans

LA COLO, C'EST TROP

Côté loisir, côté passion

Tu rêves de vacances sans tes parents ? De te faire de nouveaux copains (et des copines) De tester le surf ou d'apprendre à graffer ? Fonce en colo…

- **Choisis ton camp !** Dodo dans un lit ou sous les étoiles, à la mer, à la montagne ou en pleine nature, presque tout est possible en colo.
- **Sportives !** Raquettes, windskate, char à voile, les colos qui décoiffent.
- **Nature !** Aventure, équitation, rando, vive la colo écolo !
- **Motorisées !** Moto, trial, quad… La colo te permet aussi de rouler des mécaniques.
- **Artistiques !** Cirque, danse, magie, peinture… ou comment revenir de vacances avec une valise remplie de talents.
- **Utiles et agréables !** Tu as un coup de pompe à l'école ? Certaines colos te permettront de regonfler ton niveau en maths ou en français. Elles mêlent les cours à des activités sportives ou artistiques. Multiplications le matin, foot l'après-midi !
- **Incroyables !** Certaines colos permettent de monter un spectacle médiéval, de faire un show de danse, de dessiner des mangas ou de construire des robots… D'autres proposent des thèmes, par exemple « faire une enquête de police ».

ASTUCE

Emmène des vêtements qui ne craignent rien. Demande à tes parents de les marquer à ton nom. Évite de prendre avec toi des objets de valeur. En colo, il y a tellement de choses à faire que tu peux même te passer de ta console.

Mes parents m'ont manqué le premier jour. J'avais même envie de pleurer en leur disant au revoir par la fenêtre du train. Deux semaines plus tard, je n'avais plus du tout envie de quitter mes nouveaux copains de colo !

Théo, 9 ans

Moi je suis très content de retrouver mon cousin dans le car à 7 heures du matin. Mes parents ne me manquent pas du tout. C'est surtout en rentrant que je suis triste de ne plus être dans l'ambiance colo.

Jérémie, 10 ans

PLATEAU, VIDÉO, RÉSEAU...

CÔTÉ LOISIR, CÔTÉ PASSION

À TOI DE JOUER

Seul ou à plusieurs, les jeux vidéo permettent de s'amuser en s'évadant dans des mondes imaginaires. À toi de bien les choisir !

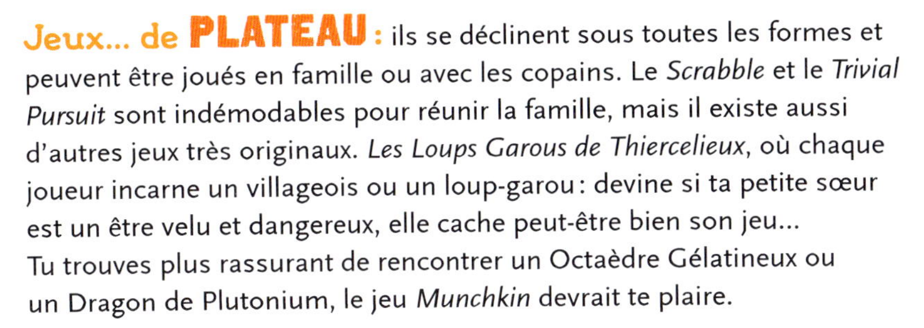

Jeux... de PLATEAU : ils se déclinent sous toutes les formes et peuvent être joués en famille ou avec les copains. Le *Scrabble* et le *Trivial Pursuit* sont indémodables pour réunir la famille, mais il existe aussi d'autres jeux très originaux. *Les Loups Garous de Thiercelieux*, où chaque joueur incarne un villageois ou un loup-garou : devine si ta petite sœur est un être velu et dangereux, elle cache peut-être bien son jeu...
Tu trouves plus rassurant de rencontrer un Octaèdre Gélatineux ou un Dragon de Plutonium, le jeu *Munchkin* devrait te plaire.

Jeux... PERSO : tu peux jouer avec des amis au cadavre exquis : il s'agit d'écrire une histoire en inscrivant des mots chacun à son tour. Le truc, c'est que celui qui prend le crayon ne connaît que le dernier mot phrase... Ce jeu tire son nom de la première phrase qui fut écrite lors de l'invention de ce jeu, vers 1925 : « Le cadavre – exquis – boira – le vin – nouveau. » On peut le décliner avec des phrases plutôt que des mots, pour composer des histoires loufoques. Et avec des dessins aussi pour créer des monstres improbables.

Jeux... VIDÉO. Ils existent sur des supports multiples : console, téléphone, tablette, PC... Tu en connais certainement beaucoup. Certains se jouent en **réseau**. Ils permettent à plusieurs joueurs de relier leur ordinateur, le plus souvent par Internet. Certains nécessitent l'achat l'un jeu vidéo, d'autres sont accessibles sur Internet. L'intérêt du jeu vidéo en réseau, c'est de partager des parties avec d'autres joueurs. On parle parfois, pour les jeux en ligne, de MMORPG (Massive Massive Multiplayer Online Role Playing Games, ouf!). Ce sont des jeux de rôle où tu peux te retrouver en temps réel avec d'autres joueurs : *Aion* par exemple en compte plusieurs millions ! Tu aimes les mangas et les univers fantastiques ? Découvre *Dragon Nest* ou *Canaan*, tu devrais t'amuser.

ASTUCE

Prends toujours le temps de lire les règles avant de t'inscrire à des jeux sur Internet, et pense à ton porte-monnaie !
La plupart de ceux qui se présentent comme « gratuits » ne le sont pas vraiment.
Ils essayent de te vendre des objets pour tes personnages par exemple.

Comment éviter de rester « kéblo » ? Les jeux vidéo ont les défauts de leurs qualités : ils sont très captivants. Donne-toi une plage horaire précise pour jouer. Tu peux utiliser un réveil pour prévoir l'heure de ton retour sur terre : quand il a sonné, éteins la tablette ou l'ordinateur... Tu as besoin d'un bon bol d'air et ton avatar appréciera aussi de se reposer.

Côté loisir, côté passion

INTERNET : TES DROITS ET TES DEVOIRS

Sur Internet comme dans la vie en général, tu as des droits : le droit de t'amuser, d'abord, mais aussi de surfer sans stresser.

Fenêtre sur le MONDE. Internet, c'est une mine de connaissance, de jeux, de rencontres... Le réseau te permet de discuter avec des copains, de communiquer avec l'autre bout du monde, de découvrir de nouvelles musiques et même d'illustrer tes exposés. Internet, c'est aussi un bon moyen de s'exprimer : tu peux créer des blogs, des sites, des pages sur les réseaux sociaux. Bref, c'est à se demander comment l'homme pouvait vivre avant qu'Internet existe.

On parle souvent d'Internet comme de quelque chose de « virtuel ». Pourtant, comme le monde réel, il comporte des avantages et des inconvénients, des règles à respecter... et des dangers. Et comme dans la vie réelle, un internaute a des droits et des devoirs.

RESPECT ! Des photos de toi ont été publiées sur Internet sans ton accord ? Tu as le droit de demander à les retirer. Dans le monde réel comme sur Internet, ton image t'appartient et personne n'a le droit de les utiliser sans que tu sois d'accord. On a posté des informations dérangeantes qui te concernent ? Demande à la personne qui les a publiées de les retirer. Si le problème persiste, n'attends pas pour en parler à un adulte de confiance.

Intimité et SÉCURITÉ. Si certaines personnes te menacent sur Internet, des gars de ta classe ou des adultes, c'est exactement comme si elles le faisaient dans la rue. Ces comportements sont interdits. Parles-en à un adulte de confiance pour t'aider à régler le problème.

Tu veux faire supprimer une image ? La plupart des sites, par exemple Facebook, Tumblr, Instagram, Skyblog... comportent un formulaire pour faire cette demande. Il existe aussi des rubriques « signaler un abus ». Elles ne sont pas toujours faciles à trouver, mais cela vaut vraiment le coup de fouiller pour régler le problème et retrouver ta tranquillité.

Internet : tes DEVOIRS.

Ce n'est pas parce qu'Internet est un espace public qu'on ne doit pas respecter la vie privée ! C'est même une obligation. Filmer un prof en douce pour poster la vidéo sur le net, c'est interdit par la loi. Normalement, tu ne devrais même pas publier des images de tes copains sur ton blog ou ta page Facebook sans leur accord écrit ! Cette règle est dure à respecter mais pour ne pas avoir d'ennui, demande-leur au moins leur permission. Tu penses qu'une photo pourrait être gênante pour eux ? Ne la diffuse pas.

Sur Internet, certains comportements peuvent être punis par la loi :

- injurier ou diffamer (accuser à tort) une personne ;
- tenir des propos racistes ou homophobes ;
- diffuser ou reproduire des œuvres (photographies, musiques, livres...) sans avoir l'accord de leur auteur.

C'est quoi, le cyber-harcèlement ?

- le fait d'envoyer des messages électroniques offensants, de poster des images dégradantes d'une autre personne (un prof, un élève...) ;
- le fait d'utiliser son ordinateur ou son téléphone pour harceler, intimider, menacer une autre personne ;
- le fait d'usurper l'identité d'une autre personne pour lui nuire.

Le cyber-harcèlement, c'est une violence terrible pour celui qui la subit. Si tu es victime de cette forme de violence sur les réseaux sociaux, ne reste pas seul ! Parles-en à tes parents, à tes professeurs, ou même à la police. Ceux qui participent à ces pratiques peuvent être punis de peines de prison et de lourdes amendes.

Si tu es vraiment fan d'écran et que tu n'as pas 2 minutes pour relire ces chapitres avant de surfer, lis au moins les paramètres de confidentialité des réseaux que tu fréquentes. Tu peux aussi faire un tour sur **http://www.vinzetlou.net/** rubrique « Internet » : ils sont marrants et ils savent de quoi ils parlent !

Tu cliques plus vite que ton ombre ? Tu navigues sur les réseaux sociaux ? Apprends à surfer malin pour éviter les eaux troubles et les requins... et donne à tes potes des conseils de pro.

- **Noah est le dieu des réseaux sociaux.** Sur son profil, il a posté des photos de lui sous toutes les coutures. Le problème, c'est que toutes les informations données sur Internet sont stockées pendant plusieurs années. Il risque d'être ennuyé le jour de son mariage, si on lui ressort dans 10 ans une photo de lui assis sur les toilettes...
Conseil de pro : bien réfléchir avant de poster une photo ou une information qui pourrait devenir gênante dans quelques années.

- **Morgane raconte sa vie sur les forums** et les réseaux sociaux. Elle n'hésite pas à donner ses coordonnées perso. Le hic, c'est que des inconnus peuvent tout connaître d'elle, et même l'endroit où elle habite. Ce serait dommage que des cambrioleurs apprennent que la maison de ses parents est inoccupée pendant les vacances.
Conseil de pro : surfer avec un pseudo et ne pas publier d'informations qui permettent de se faire identifier.

- **Thao fait des achats sur Internet** avec la carte bleue de son père, mais il laisse traîner le code partout. D'ailleurs, tout le monde sait que son mot de passe, c'est son prénom. Oups, son père risque d'avoir une grosse facture à payer à la fin du mois.
Conseil de pro : ne pas faire d'achat sans en parler avec un adulte. Changer régulièrement de mot de passe et se creuser un peu la tête pour trouver autre chose que son nom ou sa date de naissance. Et utiliser à la fois des chiffres et des lettres, c'est plus efficace.

Estéban farfouille partout sur Internet pour trouver des vidéos. Pas cool, il est tombé sur des scènes de violence qui l'ont vraiment remué... Déjà qu'une fois, il avait vu une vidéo porno qui l'avait perturbé.
Conseil de pro : dis-lui d'éteindre tout de suite l'écran si ça lui arrive de nouveau, et surtout d'en parler à ses parents.

J'ai un blog sur lequel je m'appelle « Carmel Metton » : ce pseudo, c'est l'anagramme de mon nom. Il me permet de parler de ma passion, la danse classique, plus facilement que dans la vraie vie.
Clément, 14 ans

Lilou passe son temps sur les écrans. Le souci, c'est qu'elle ne pense plus trop à te parler pendant ce temps. En plus, elle risque de redoubler parce qu'elle oublie de faire ses devoirs. Tu pourrais bien te retrouver dans une classe différente de la sienne l'an prochain.
Conseil de pro : tablette + smartphone + télé + console + ordi = écrans ! Dis lui qu'il n'y a que 24 heures dans la journée, et que tu as aussi envie de passer du temps avec elle... dans la réalité.

William a rencontré une personne sur Internet, qui insiste pour le rencontrer en vrai. Le danger, c'est que le pseudo « bichon12 » peut cacher un adulte qui a de mauvaises intentions.
Conseil de pro : toujours demander à un adulte avant de concrétiser une rencontre.

Sur les forums, Moussa lit souvent des propos racistes qui le font souffrir. Il ne sait pas trop comment réagir.
Conseil de pro : en parler au modérateur du forum ou à un adulte, il saura sûrement quoi faire.

Sacha installe tout et n'importe quoi sur son ordinateur, par exemple des programmes qui sont joints à des e-mails. Maintenant, son ordinateur refuse de s'allumer tous les vendredis 13...
Conseil de pro : protéger l'ordinateur avec un logiciel antivirus, et éviter de cliquer sur les pièces jointes d'e-mails provenant d'inconnus.

Jules fait le plein de musique et de films sur des sites illégaux. Le souci, c'est qu'il risque d'avoir des ennuis avec les auteurs de ces œuvres, qui pourraient bien lui demander de payer un jour ou l'autre.
Conseil de pro : télécharger de la musique et des films sur des plateformes légales. Ça coûte quelques euros, c'est vrai, mais c'est aussi une façon de faire vivre les artistes.

Conclusion : Web, ça signifie « toile d'araignée » : pour ne pas te faire engluer comme une mouche, bouge, crée, joue, poste ! Le truc, c'est de ne pas laisser d'infos trop personnelles pour que tous ceux qui veulent te vendre leur camelote ne puissent pas remonter ta trace.

PARÉ AU DÉCODAGE !

Côté loisir, côté passion

Télé, affiches publicitaires, livres, Internet, radio, vidéos... pfffff ! Comment s'y retrouver dans un monde aussi compliqué ! Au fond, c'est quoi, la réalité ?

La RÉALITÉ, ça n'existe pas ! Ou en tout cas, elle est différente pour chacun : remplis un verre d'eau à moitié et demande à tous tes copains comment ils le voient. Certains te diront « à moitié plein », d'autres « à moitié vide », d'autres « elle est gelée ? » Chacun construit sa propre vision de la réalité.

De nombreuses images et informations circulent dans les journaux ou sur Internet : elles sont fabriquées par des journalistes, des photographes... Ils ont aussi leur façon personnelle de regarder les choses, ou de communiquer un message.

Pour comprendre une image ou une information, essaye de te demander :

- D'où elle vient, qui l'a faite ?
- Qu'est ce qu'on essaye de te dire ?
- Pourquoi ?
- Comment ?

Exemple : sur le site internet du chanteur Justen Bibrie, il y a un avis « trop génial le dernier titre, foncez l'acheter ! ». Demande-toi déjà si ce n'est pas lui-même qui l'a écrit...

Comprendre une image ou une information, à quoi ça sert ?

- à ne pas raconter n'importe quoi (par exemple : on vient de découvrir de la vie sur la Lune) ;
- à ne pas acheter un disque qui fait le buzz sur Internet mais qui ne fait pas vibrer tes oreilles ;
- à avoir tes arguments perso pour discuter avec les autres et construire ta propre personnalité.

TEST de vérité. Tu viens d'apprendre sur Internet que la Terre va exploser le 13 août 2013, demande-toi si :

- on ne sait pas avec certitude d'où vient cette « info » ;
- elle t'a été transmise de quelqu'un qui n'en est pas directement à l'origine ;
- elle ne correspond pas à ta propre impression ;
- tu as l'impression qu'elle est quand même un peu zarbi.

Si tu réponds « oui » à au moins une de ces questions, laisse tomber ! Inutile de la propager, tu risques de te ridiculiser... Tu as remarqué ?
La date du 13 août 2013 est déjà passée. As-tu vraiment senti la terre exploser sous ta serviette de plage ? Pour ton information, la fin du monde a déjà été annoncée 181 fois (avec celle-ci !).

Un chef d'État qui était hospitalisé a appris qu'il était mort en lisant son journal.

Le dico de l'inFAUX.

- **Le préjugé :** une opinion qu'on se fait sans aucune preuve. Exemple : « Les parents de Mohamed sont des terroristes. »
- **La propagande :** des messages qui visent à ce que tout le monde pense la même chose. Exemple : certaines publicités qui font croire que l'eau du robinet est moins bonne pour la santé que l'eau minérale, ce qui est complètement faux.
- **Le canular :** une blague destinée à créer une rumeur. Exemple : dans les années 1970, deux Anglais ont dessiné en secret de grands cercles dans des champs de céréales avec une machine pour faire croire que des extraterrestres avaient débarqué. Ils ont révélé leur truc 20 ans après mais beaucoup de gens pensent encore que l'Angleterre est envahie par les petits hommes verts !
- **La légende urbaine :** c'est un mythe moderne. Exemple : le Père Noël serait une invention d'une célèbre marque de cola !

« Hoax », c koi ça ? Si par exemple on t'envoie un message disant qu'un hôpital a besoin d'argent pour sauver un enfant, avant d'écouter ton cœur et de le faire circuler, fais un tour sur le site **http://www.hoaxbuster.com/** pour vérifier. C'est sûrement un « hoax », un canular informatique qui ne mérite que la corbeille !

Côté loisir, côté passion

CHOISIR UN MÉTIER ?

On t'a demandé cent fois « Qu'est-ce que tu voudrais faire quand tu seras plus grand ? » Si tu ne sais pas vraiment quoi répondre, cette page te conseillera surtout… de ne pas te presser.

CONSEILLER. Tu es déjà au collège ? Si tu as envie de réfléchir à ton avenir, adresse-toi au conseiller d'orientation. Il te fournira des renseignements sur les métiers et les écoles que tu devras faire pour exercer un métier de ton choix. Tu peux même aller le voir même pour t'aérer un peu la tête et t'imaginer dans différentes vies possibles quand tu seras adulte, sans forcément décider. Pour l'instant, profite surtout de la cour de récré…

Si tes notes sont satisfaisantes au collège, il n'y a aucune urgence pour décider de ton orientation. Mais si tu ne te sens pas à ta place, si les lacunes s'accumulent, et si tu as déjà redoublé, pense à te renseigner dès la 4e pour préparer une orientation professionnelle. Tu peux aussi le faire si tu as déjà une idée précise de métier, par exemple boulanger. **Frédéric Piquet, professeur de collège**

Je voudrais être pilote ou détective de police, mais j'hésite. J'aime bien les enquêtes, ça demande d'être très intelligent et de savoir plein de choses, mais je voudrais aussi être pilote comme mon père et entrer dans l'armée de l'air.
Romain, 10 ans

Un vrai MÉTIER. Le collège n'est pas du tout ton truc ? Dans un an ou deux, d'autres voies s'offriront à toi : à partir de la 3e, tu pourras rejoindre un lycée professionnel (LP) ou un centre de formation des apprentis (CFA). Tu y apprendras des choses plus concrètes qu'au collège et tu expérimenteras le travail en équipe. Agriculteur, mécanicien sur avion, accordeur de pianos, bijoutier, photographe... les possibilités sont presque infinies.

Si tu veux avoir des milliers d'idées de métier, fais un tour sur le site internet **http://www.onisep.fr/**. Saisis un mot clé dans la case « recherche libre » : mécanique, bande dessinée, infirmier...
Ce site, c'est un peu la mine des métiers !

Un TALENT particulier ? Tu es musicien ou athlète ? Certains collèges proposent des classes à horaires aménagés (CHA). Parles-en avec tes parents si tu veux pratiquer ta passion tout en poursuivant une scolarité normale. Pour faire ce choix, il faut être très motivé. Tes emplois du temps seront aménagés, mais tu devras beaucoup travailler pour assurer à la fois tes exercices de maths, tes chronos sur le stade ou tes dictées de notes au conservatoire. Renseigne-toi assez tôt : comme les sections sportives scolaires, les classes aménagées musique, danse ou théâtre ne sont pas proposées par tous les collèges. Les inscriptions se font dès le CM2.

EXPERT

Depuis que je suis enfant, je veux voler. J'en rêvais souvent la nuit. Cette passion n'a fait que se renforcer à l'adolescence et elle m'a guidé tout au long de mes études, au collège, au lycée. Je voulais absolument en faire mon métier et j'ai tenu bon.
J'ai fait l'École de l'air et suis devenu pilote de chasse.
Dix ans plus tard, quand j'ai quitté l'armée de l'air, j'ai dû repasser des examens pour devenir pilote de ligne. Encore une fois, être passionné m'a beaucoup aidé. Je me suis replongé de bon cœur dans les études et tout s'est bien passé. Aujourd'hui, voler est mon métier et j'espère qu'il le restera de longues années encore.
Charles Bazaille, pilote d'avion

INDEX

OPR

STV

ADRESSES ET SITES UTILES

Nous les garçons

Les numéros en vert sont gratuits depuis un poste fixe, les autres coûtent en général le prix d'une communication locale. Utilise ces contacts sans hésiter si tu sens que tu as besoin d'être écouté.

Action associative et solidaire

- Réseau national des junior associations : **http://www.juniorassociation.org/**
- Envie d'agir ? : **http://www.enviedagir.jeunes.gouv.fr/**

Droits de l'enfant

- Le défenseur des droits, 7 rue Saint-Florentin - 75409 Paris Cedex 08. **09 69 39 00 00**
- Portail des droits de l'enfant : **http://www.droitsenfant.org/**

Difficultés avec les parents, maltraitance

- Enfance en danger : **119 - http://www.allo119.gouv.fr/**
- Croix-Rouge Écoute : **0 800 858 858**
- Enfance et partage : **0 800 05 1234**

Internet

- **http://www.netecoute.fr/**
- CNIL (Commission nationale informatique et libertés) : **http://www.jeunes.cnil.fr/**

Orientation scolaire

ONISEP, **http://www.onisep.fr/** et **http://www.monorientationenligne.fr**

Sexualité

- Ligne Azur : **0 810 20 30 40** (information, écoute et soutien des jeunes qui se posent des questions sur leur orientation sexuelle)
- SIDA Info Service : **0 800 840 800**
- Planning familial : **http://www.planning-familial.org/question**

Santé

- Fil santé jeunes, **3224** ou **01 44 93 30 74** (depuis un portable), **http://www.filsantejeunes.com/**
- Tabac Info Service : **39 89**
- Drogues Info Service : **0800 23 13 13**
- Écoute alcool : **0811 91 30 30**
- Troubles du comportement alimentaire : **0810 037 037**

Violence à l'école, harcèlement, racket

- **http://www.agircontreleharcelementalecole.gouv.fr/**
- Enfance en danger : **119**
- Jeunes Violence Écoute : **0808 807 700**
- Discriminations raciales : **08 1000 5000**

L'auteur tient à remercier les préados qui lui ont ouvert leur boîte à secrets et lui ont permis de rajeunir de quelques années, et les experts qui l'ont accompagné dans l'écriture de cet ouvrage avec un savant dosage d'intelligence, d'écoute et d'amitié.

Damien Aupetit, psychologue clinicien
Nicolas Badré, ophtalmologue
Charles Bazaille, pilote d'avion
Jean-Denis Boyer, association La Trame - Éducation à l'image
Laure Pauly, pédopsychiatre
Frédéric Piquet, professeur des collèges, histoire et géographie
Gérald Ramboz, médecin urgentiste
Quitterie Saint Macary, professeur de lettres classiques

Merci également à Jacques Baran, Renaud Jambon, et enfin à Agathe, Solveig et ses doudous pour leur patience.